아내에게 말 못한 신 과장의 주식 일기

신용대 장편소설

아내에게 말 못한 신 과장의 주식 일기

초판 1쇄 발행 2022년 8월 17일

지은이 신용대
펴낸이 장현수
펴낸곳 메이킹북스
출판등록 제 2019-000010호

디자인 김한솔
편집 최미영
교정 강인영
마케팅 장윤정

주소 서울특별시 구로구 경인로 661, 핀포인트타워 912-914호
전화 02-2135-5086
팩스 02-2135-5087
이메일 making_books@naver.com
홈페이지 www.makingbooks.co.kr

ISBN 979-11-6791-214-5(03810)
값 15,800원

ⓒ 신용대 2022 Printed in Korea

잘못된 책은 구입하신 곳에서 바꾸어 드립니다.
이 책의 전부 또는 일부 내용을 재사용하려면 사전에 저작권자와 펴낸곳의 동의를 받아야 합니다.

메이킹북스는 저자님의 소중한 투고 원고를 기다립니다.
출간에 대한 관심이 있으신 분은 making_books@naver.com으로 보내 주세요.

신용대 장편소설

아내에게 **말** 못한

신 과장의 주식 일기

메이킹북스

추 천 의 글

주식 책은 어렵다는 편견이 있어 잘 읽지 않았지만, 이 책은 스토리텔링을 통하여 쉽고 재미있게 많은 가르침을 준다. 초보 투자자들이 한 번쯤 읽는다면 투자 원칙을 수립하는 데 큰 도움이 될 것이다.
- 위지윅 스튜디오 사장 박인규(CEO)

한마디로 무척이나 재미있는 소설이다.

몰입하게 만드는 힘이 있고 문장이 간결해서 단숨에 읽을 수 있다. 개미 투자자들이 흔히 범하는 오류를 위트 넘치고 잔잔하게 표현했다. 또한 이 책은 투자자들의 심리를 매우 잘 표현한 개연성 넘치는 소설이기도 하다.

또한 이 책은 행동경제학이나 행동재무학에서 투자자들의 비합리적인 선택을 설명하기 위해 사용하는 개념인 군중심리, 이용가능성 편향, 준거점 효과, 현상유지 편향, 손실회피, 처분효과 등을 떠올리게 할 만한 다양한 사례들이 등장한다.

그리고 간간히 등장하는 월급쟁이들의 애환은 재미를 더한다.

이 책을 다 읽고 나면 개미 투자자들이 이전보다는 좀 더 이성적인 투자를 하게 될 것 같다. 부디 이 책을 타산지석으로 삼아 소설의 주인공이 범한 오류를 반복하지 않는 현명한 투자자가 되길 바란다.
- 신임철 아톤모빌리티 대표이사, 경영학 박사, Yale MBA
《처음 만나는 행동경제학》저자, YES24 경제 분야 베스트셀러

이 책은 초보 투자자를 위한 교과서이다.

차트분석이나 매매기법이 아닌 삶의 이야기를 통하여 교훈을 주고 있어 더욱 쉽게 이해할 수 있었다.

어려운 책 열 권보다 더 많은 깨달음을 주는 이 책을 추천한다.

- 두손 소프트 사장 손영대(CEO)

책을 읽는 내내 과거 월급쟁이 시절 나의 주식 매매 패턴과 초초하고 힘들어했던 투자 경험이 소환되어, 감정 이입+몰입도가 극대화된 상태로 단숨에 읽어 버렸다. 인생 처음으로 뛰어드는 초보 주식 투자자들이 공통적으로 경험하게 되는 매매 성향을 그대로 잘 정리한 일기장이기도 하다.

하지만 이 책은 재미를 뛰어넘어 주식 시장에 진입하는 주린이들이 절대 잊지 말아야 할 투자 원칙 몇 가지를 일기장 속에 녹여 놓았다. 주식 초보 투자자들은 이 원칙이 무엇인지를 글 속에서 찾아 지켜내야 한다.

- 휴에이션 사장 김준민(CEO)

주식책은 차트분석, 수익인증만 있다고 생각했다. 이토록 재미있게 주식을 설명하다니 작가는 투자에는 바보였을지 몰라도, 글쓰기는 천재 같다.

- 직장인 투자자 캐파시티 보험대리점 오경록 차장

프롤로그

2020년 3월 18일 (수)
- 잠 못 드는 밤 나스닥은 내리고…

새벽 2시 18분.
잠이 오질 않는다. 나스닥이 - 8% 급락 중이다.
어제는 나스닥이 6% 반등하며, 코로나 공포장이 끝나는가 싶었지만, 오늘 또다시 큰 폭으로 하락 중이다.

이대로 나스닥이 마감된다면 내일 한국 증시는 끝이다.
아니 한국 증시가 끝나지는 않겠지.
끝나는 것은 내 계좌일 뿐.
'계좌가 끝난다'는 것이 설마 내 인생도 끝난다는 의미일까?
이틀 후 반대매매가 나가 버린다면 극한 상황도 생각해 봐야 한다.
빚쟁이 아빠가 되어 아내와 두 딸의 원망을 견디며 살 자신이 없다.

이제 와서 고백해 봐야 바로 이혼하자고 할 것이다. 이혼해 주기도 미안하다. 위자료는 고사하고 남겨 줄 것은 빚 밖에 없다. 금융권 외에 개인적인 빚도 있는데, 그것까지 알게 된다면 죽어서도 원망을 듣겠지? 보험금으로도 빚을 다 갚을 수 없는데….

보험회사에 10년을 다녔지만 지금은 가입된 보험조차 몇 개 없다. 돈이 필요할 때마다 하나씩, 하나씩 대부분 해약하지 않았던가?

회사 단체상해보험과 노동조합에서 나오는 위로금도 좀 있을 테니, 여러 가지 해결책을 진지하게 고민해 봐야 할 시점이다.

어제는 카드론, 오늘은 최후의 보루였던 신용카드 현금 서비스까지 최대한 인출하여 신용담보비율 140%를 겨우 맞춰 두었다.

그러나 내일 또 하락하면 더 이상 버틸 방법은 없다.
온갖 대출로 2억 원 넘게 넣었던 계좌가 3천만 원이 되어 버렸다.
대기업을 다니니 왜 그렇게 대출받기가 쉬웠던지.
무엇을 믿고 나에게 이억 원 넘게 빌려준 것일까?
대출로 투자하여 손실이 발생한 이후 단 하루도 편히 잠들지 못했다. 지금은 신용등급 하락으로 더 이상의 대출도 안 된다.

대출받은 돈으로 신용매수까지 해 왔으니 누가 봐도 미친 짓이었다. 여윳돈으로 투자하는 것이 주식 투자라고 했는데, '인생 한 방'이라는 구호에 모바일 포커 게임하듯 레이스했다. 누구도 공감하거나 동정 못할 그런 투자였다. 아니 광기어린 도박이었다.

대출로 몇 억 원을 투자하면서도 이런 급락장은 예상조차 해 본 적이 없다. 수개월간 돌려 막으며 담보 부족금을 메꿔 왔지만 이제는 정말 끝이다. 미수, 신용, 대출 투자는 패가망신의 지름길이라고 여러 번 들었지만, 그걸 이제야 온몸으로 깨닫는다.

오만 가지 생각으로 잠 못 이루는 밤이다.

- 코로나 급락장이 최고조에 달했던 그날 밤에 쓴 일기

차례

추천의 글 ··· 004

프롤로그 ··· 006

1부 유년기 ··· 011
작은 수익에도 만족해하며 투자가 즐거웠던 그 시기

2부 사춘기 ··· 113
작은 수익에 만족 못하고 여러 가지 다양한 시도를 시작하다.

3부 타락기 ··· 141
사춘기에 배운 것이 생활화되며 과도한 레버리지 투자 시작

4부 각성기 ··· 185
주식시장이 세렝게티보다 훨씬 무서운 곳이란 것을 깨닫다.

5부 소멸기 ··· 239
학습하지 않는 투자자는 결국 사라질 수밖에…

에필로그 ··· 250

출처 ··· 252

주요 인물 소개

한상신 부장

코스피가 2,000을 기준으로 10여 년간 여덟 차례나 오르내리는 모습을 간파하고 철저히 스윙매매만을 해 왔던 40대 후반의 전형적인 투자자.

임이배 부장

기업의 가치만을 살피며 하루하루 주가에는 전혀 일희일비하지 않는 철저한 가치투자자. 저평가된 우량 종목을 발굴하여 저가에 매수한 후 주가가 두 배 상승할 때까지 보유. 성장주가 급등하던 시기에는 소외감을 느꼈지만 시장이 어려울 때 오히려 전성기를 맞이한다.

진비호 차장

주위에서 흔히 볼 수 있는 직장인 투자자. 회사에서 업무에 집중하면서 주식은 오로지 남들의 이야기만 듣고 매수하여 작은 하락에도 쉽게 손절매하고 조금만 이익이 나면 즉시 매도해 버려 큰 수익을 얻지 못 하고 늘 손실이 발생하는 투자자.

신용대 과장

진비호 차장과 비슷한 일반적인 직장인 투자자. 종목 분석보다는 감에 의존한 투자가 옳다고 믿으며 종목에 대한 공부는 하지 않음. 다만 손실을 만회하기 위하여 대출과 신용 매수를 과도하게 이용하여 큰 위기에 처하게 되었으나, 한 번쯤은 큰 수익을 얻었던 투자자.

안분지족(安分知足) 분수에 편안하고 만족할 줄 알다.

1부

유년기

손에 천 원짜리 한 장만 있으면
온종일 행복했던 유년 시절.
나이가 들어가며 그런 작은 일들은
더 이상 행복을 주지 않는다.

치킨 값, 소고기 값만 벌면
온종일 즐거웠던 초기 투자 시절.
투자를 계속해 가며 그런 작은 수익에는
더 이상 만족하지 못하게 된다.

유년 시절처럼
작은 수익에도 만족하고 행복할 수 있다면

그렇게 할 수만 있다면
우리의 투자는 이미 성공한 것이다.

큰 욕심 없이 투자해서 즐거웠던 그 시절
그때가 그리워진다.

2017년 6월 3일 (토)

슬픈 외식

　어제는 일반영업본부 기업금융지원팀 전체 석식이 있었다.
　상반기 평가 마감이 잘 끝났고, 마침 금요일이라 회식하기 좋은 날이었다. 상반기가 끝났으니 다음 주는 상반기 평가실적 분석 및 보고를 해야 한다. 이번 주말이라도 푹 쉬어야 다음 주에 버틸 수 있다.

　일어나 보니 이미 10시가 넘었고, 두 딸은 아빠가 언제 일어나는지 옆에서 조용히 기다리고 있다. 아빠 피곤할까 봐 자는 모습을 바라만 보고 있었던 것이다. 아기라고 생각했는데 어느새 많이 큰 것 같다.

　"연아, 지아, 안녕! 일주일 만에 처음 보네? 아침 먹었어?"
　"응, 아빠 술 마셔서 힘들어? 우린 아침 먹었어."
　"아빠가 어제 술을 많이 마셔서 늦게 일어났네. 대신 점심은 돈가스랑 스파게티 먹으러 나갈까?"
　"와! 엄마! 아빠가 스파게티 사 준대."
　"여보. 산본 마트에 주차하고, '파파노크라이 파스타' 가자."
　"그래. 오랜만에 외식이네, 아이, 좋아라."

　아이들도 좋아하지만, 아내가 더 좋아하는 것 같다.
　연애 때부터 작은 것에도 항상 고마워하는 아내가 고맙다.

　"어서 오세요. 몇 분 오셨나요?"
　"4명입니다. 혹시 창가 자리 있나요?"

1부 유년기

산본은 서울로 나가기에 교통도 좋고 주변에 산이 많아 공기도 좋다. 외식 때는 창가에 앉아 산본 번화가를 보는 것을 좋아한다. 이 수많은 아파트 중에 내 집이 한 채도 없다는 것은 좀 서글프다. 전세 고를 때도 산본 아파트는 애써 외면했다. 눈만 높아질 것 같아서….

그런데 전세금 계속 올려주는 것보다 회사 복리제도 주택구입 지원금과 주택담보대출을 받아 내 집 마련을 하면 좋겠는데, 아내는 대출로 집 사는 것을 원하지 않는다. 주식도, 대출도 다 싫어한다.
대출받았다가 집안이 망했던 그 시절이 악몽처럼 떠오른다고 한다. 하긴 그때는 금리가 높았으니 이자를 내는 것도 힘들었을 것 같다.

"무슨 생각을 그리해. 뭐 먹을 거야? 연아는 로제 파스타, 지아는 토마토 파스타, 난 함박 스테이크 할게. 그리고 고르곤졸라 피자 하나 시키자."
"나는 피자 몇 개만 먹을게. 하나 시켜도 다 못 먹을 것 같아."

음식이 나왔고, 피자 몇 개를 먹고 나니 식욕이 슬슬 돌아온다. 집사람 함박 스테이크까지 먹으니 갑자기 배가 고파진다. 결국 나도 모르게 하지 말았어야 할 말을 해 버렸다.
생각해 보면 이때가 주식 투자를 결심하게 된 첫 번째 순간이었다.

"연아! 파스타 다 못 먹지. 어차피 남길 거 아빠가 좀 먹는다."
"안 돼, 내 거야. 빼앗아 먹지 마. 나 다 먹을 수 있어."
"매번 남기던데, 어차피 남길 거 아빠가 좀 먹는 거야."
"싫어. 아빠는 아빠 것 시켜 먹어."
"여보, 하나 시켜 줄까?"

"아니, 많이 먹을 거 아니야. 어차피 남길 거니까 그거 먹겠다고."
"싫어~ 나 혼자 다 먹을 수 있어. 으아앙…!"

갑자기 연아가 레스토랑에서 울기 시작한다.

"연아야, 매번 남기면서 너는 왜 이렇게 식탐이 많아!"

기분 좋게 외식하다 딸아이를 울려 버렸다. 민망한 나머지 화를 내며 식사 도중에 밖으로 나와 버렸다. 바깥에서 담배만 피우다가 식사가 끝날 때쯤 돌아왔다.

집에 돌아오는 차 안에서 서로 아무 말이 없었다.
집에 도착하자 연아는 자기 방으로 들어가서 서럽게 울기 시작하고, 지아도 다 알고 있는지 엄마 옆에서 조용히 잠들려 한다.
나도 괜히 화를 낸 것이 무안해서 안방으로 들어가 TV를 튼다.
두 딸 모두 잠이 들자, 아내가 다가와 한마디 한다.

"여보, 이제 애들도 8살, 6살이야. 1인분씩 다 먹을 수 있어."
"매번 남기던데 다 먹긴 뭘 다 먹어. 음식 아깝지도 않아?"
"음식이 아까운 거야? 돈이 아까운 거야?"
"대기업 과장이 돈 아까워서 그러겠니? 음식 남기면 벌 받는 거야."
"난 당신이 돈 아까워서 그런 것 같은데. 그리고 좀 남기면 어때. 딸이 남기는 건데…. 나 사실 당신하고 외식하면 늘 체할 것 같아."
"아니, 매번 잘만 먹던데 뭐가 나랑 먹으면 체할 것 같아?"
"당신 너무 눈치를 줘서 편히 먹을 수가 없어. 곱창집에 가서는 설렁탕 주문해서 먹고, 오늘은 한 개 덜 시키고, 샐러드 추가하면 표정 굳어지고, 그렇게 돈 아끼는 모습 보면 내가 음식이 편히 넘어가겠냐?"
"나는 표정 관리까지 하면서 외식해야 돼? 내가 언제 주문 못하게 한 적 있어? 그저 나 먹을 것 비용 아끼는 것도 안 되는 거야?"
"당신이 고깃집에서 왜 해장국이나 설렁탕 먹는지 뻔히 아는데, 나는 음식이 편히 넘어가겠냐고? 나 정말 외식만 하면 체할 것 같다고!"
"아, 모르겠고, 그만하자. 다음엔 인당 한 개씩 시켜 줄게. 됐지?"

부끄러운 말이지만 사실 돈이 없다. 월급 받아 3백만 원을 집에 주고, 카드 값 내고, 교통비, 담뱃값에 주 1회 스크린골프, 월 1회 필드 나가면 늘 마이너스다. 외식비도 카드대금 결제날에는 모두 부담이다. 내가 보험계약 대출을 받아서 용돈으로 쓰고 있는 것은 알고 있을까?

고구려 대학을 졸업하고 일진화재보험에 입사했을 때만 해도 내가 이렇게 살 줄은 몰랐다. 이게 명문대학, 대기업 금융사 직원의 현실이라니. 그러나 10년이 지나도 이 상황은 쉽게 변하지 않을 것 같다.

진지하게 고민해 보자.
이렇게는 더 이상 못 살 것 같다.

명문대학과 대기업이 수저 위에 고기반찬을 얹어 줄 수는 있지만 나의 흙수저를 금수저로 바꿔 줄 수는 없는 것이다.
내가 변하지 않는 한 내 수저도 변할 수 없다.

오늘을 기억하자. 이 굴욕을 잊지 말자.
돈은 일단 많고 봐야 한다.
그런데 월급쟁이가 돈을 많이 벌 방법이 있기는 한 걸까?

2017년 6월 7일 (수)

보고 또 보고(報告又報告)

"신 과장은 인생의 목표가 뭐야?"
"가족들 건강하고, 부자 되는 것 아닌가요? 저도 그렇고요."
"그럼 인생의 목적은?"
"목적이요? 목표와 다른 것인가요?"
"목표, 목적도 구분 못하는 사람이 보고서를 쓰니 글이 이 모양이지. '재산종합보험 M/S 확대 방안'을 쓰는데, 목표가 왜 벌써 나와? 이 보고서는 목적으로 시작되어야 해. 일단 현재 M/S 확대가 필요한지 그것부터 보고드리고 결정이 되어야지. 그리고 전무님이 승인하시면 그 때 구체적 목표가 수립되어야 하는 거라고."
"…."
"두 번째 '문제점'은, 뭘 이리 길게 썼어? 한마디로 비싸서 영업이 어렵다는 것이지? 요율만 낮추면 다 해결되는 거야? 그러면 상품파트 가서 요율 낮춰 달라고 해. 나는 전무님께 '비싸서 영업 못 한대요' 이렇게 보고할 테니까. 우리가 한 번이라도 최저가였던 적이 있어? 그래도 수십 년간 영업 잘해 왔어. 그리고 우리 회사가 정말 비싼 거야? 일진화재는 타사와 차별화된 인프라를 갖췄다는 것을 잊지 말라고. 역량이 뛰어난 인력과 편리한 시스템으로 고객에게 서비스하고 있잖아. 그건 인프라 투자에 대한 정당한 대가를 받는 것이지, 비싼 게 아니야. 일진화재가 요율까지 저렴하면 영업 담당이 왜 필요해? 콜센터 늘리고 기업보험 가입한다는 회사 전화만 받아도 계약 넘쳐 나겠다. 목표/목적, 현상/문제점도 구분 못 하고서 보고서를 쓰면 되나? 영업지원 부서가 이 모양이니 영업이 잘 될 리가 있어? 이거 다시 쓰고,

심 차장은 중간에서 미리 좀 봐 주고, 부장한테 보고서 올라오는데 중간 검토도 안 하는 거야? 여기는 일하는 체계부터 먼저 잡아야 될 것 같네."

보고를 마치고 돌아가는 순간이 한 시간처럼 길게 느껴졌다.
목소리가 크신 탓에 옆 부서 동기가 다 듣고 있었나 보다. 웃음을 참으며 나를 불쌍하게 쳐다보는 시선이 느껴진다.

숙취가 덜 풀린 부장님 입에서 나는 술 냄새에 취해 버린 것일까? 다리가 풀려 버린 것처럼 의자에 털썩 주저앉아 버렸다.

타다다닥, 타다다닥.
갑자기 타자 소리가 진동하고, 모니터가 클럽처럼 깜박인다.

- 저분은 기획실 출신이라서 인생의 목표가 보고서예요.
- 부장님 동기는 2명이나 임원 됐는데, 본인은 2년 연속 탈락하니까 마음이 급하셔서 자꾸 화만 내시는 듯.
- 동기야, 잘 좀 하자. 그런 것도 몰라서 혼나냐? ㅋㅋㅋ
- 기죽지 마세요. 과장님 일 잘하시는 거 우리가 다 알아요.

고맙긴 하지만 지금 이런 메신저가 무슨 위로가 되겠는가?
나는 그저 인생의 목표, 목적도 구분 못하는 Loser일 뿐이다.

일진화재라는 최고의 직장에 다니지만, 결국은 월급노예 인생.
부장님이 깨면 깨져야 하고, 깨지더라도 다시 웃어야 하는 것 모두가 월급에 포함되어 있다.

그래, 나는 그저 돈을 벌기 위해 일을 하고 있는 것뿐이다.

사십 년을 살면서 인생의 목표, 목적도 구분을 못 해 왔다. 입사 후에 인생의 목적이나 목표를 생각해 본 적은 있었을까? 정신없이 일하다 보니 10년 가까이 시간만 흘렀을 뿐이다.

그런데 갑자기 이상한 생각이 들며 웃음이 나오기 시작한다.
〈벤허〉를 보면 로마 시대 노예는 일을 못할 때 채찍으로 맞았지만 나는 말로만 혼났으니 어찌 보면 행복한 일 아닌가?
로마 시대에는 노를 저었고, 나는 보고서를 쓸 뿐이다. 지금 이 사옥, 어찌 보면 육지에 있는 거대한 노예선이다. 부장님은 로마 간수에 비하면 매우 좋은 분이다. 갑자기 행복하게 느껴진다. 큰 잘못을 했어도 채찍으로 맞지는 않았으니까. 발목이 쇠사슬로 묶여 있지도 않고, 저녁에는 퇴근도 할 수 있다.
조용히 미소를 짓고 있던 그때, 부장님이 또 부르신다.

"신용대 과장!"
"네, 부장님"
"뭘 그리 혼자 웃고 있어?"
"말씀하신대로 소제목만 우선 바꿔 봤는데요. 보고서가 훨씬 더 매끄럽게 진행이 될 것 같은데요. 부장님 대단하신데요."

마음에도 없는 답변이 나온다. 노예근성이 몸에 밴 것 같다.

"레이아웃을 잘 잡아야 일이 금방 끝나니까 항상 고민하라고, 글을 읽는 순간 신 과장이 이걸 쓰며 얼마나 고민했는지 임원들은 바로 아시거든. 그건 그렇고, 점심이나 같이할까? 약속 있나?"

"철준 사원, 보라 대리와 식사하려 했는데, 같이 가시죠."

"잘 됐네. 안 그래도 부서 중식 하려 했는데, 같이 가자고."

부장님 말씀이 끝나자 메신저가 다시 깜빡인다.

- 과장님! 왜 저희까지 끌어들이세요. 그냥 두 분만 드시지….
- 그럼 자기 둘은 따로 식사하겠다고 내가 바로 말씀 드릴까?
- 뭔 소리예요. 지금 그러면 더 이상하죠. 진짜 눈치 없음.

확실히 젊은 친구들이다. 부장님과 식사를 싫다고 하다니.

지난달 기획실 임원, 부장 몇 분이 교체되는 소규모 인사가 있었다. 부장님도 그때 우리 부서로 오셔서 오늘이 부서원과 첫 식사 자리다. 영업 경험 없이, 인사/기획 업무만 오랫동안 해 왔는데, 복귀하실 때 인사팀은 신임 부서장이 이미 있어 가기 어려웠고, 장기보험과 자동차보험 부서는 영업 경험이 없는 사람을 연중에 교체하기가 어려웠다. 결국 일반본부 영업지원 부장 자리 외에는 갈 곳이 없었을 것이다. 다만 일반본부에서는 신규 임원 발탁이 8년째 한 명도 없었다. 아마도 임원 꿈이 좌절되었으니 화만 나시겠지. 내가 이해해 드리자.

다만 이분이 영업 조직은 처음이라, 신속한 의사 결정보다는 반드시 보고서를 먼저 작성해서 이야기하는 구시대적 습관이 몸에 배어 있어 부서원 모두가 보고서 작성에 힘들어하며 적응 중이다.

대세 상승장

11시 40분. 부장님이 먼저 일어서신다.

"슬슬 나갑시다. 어디 갈지 정했나?"
"아뇨, 부장님 자주 가시는 곳 있으세요?"
"메뉴는 젊은 사람들이 좋아하는 걸로 정해 봐."
"오늘은 부장님 추천 메뉴로 가시죠. 궁금한데요."
"그러면 내가 신입사원일 때부터 가는 곳이 있는데 같이 가 보자고."

키도 작은 양반이 걸음이 꽤 빠르다. 횡단보도를 건넌 후 좁은 골목길로 들어가서 계속 더 좁은 골목을 빙빙 돈다. 10여 년 근무했지만 나도 처음 와 보는 곳이다. 결국 다다른 그곳은 '남도생태 명가'였다.

오전에 보고 드릴 때 부장님 입에서 술 냄새가 조금 났는데, 부장 회의가 길어져서 점심 약속을 못 잡았고, 해장은 해야 하고, 그래서 우리까지 불렀구나 싶은 생각이 들었다.
그래도 부장님이 참석해서 오늘 4만 원 이상 굳었다. 요즘 후배들 밥 사 주는 것도 조금 벅찼는데, 잘된 일이다.
부장님이 결제하시겠지만, 나도 좀 생색은 낼 수 있을 것 같다.

"부장님! 여기 완전 숨은 맛집 같은데요!"
"내가 신입사원 때부터 해장하던 곳인데, 국물이 끝내 준다고. 이거 먹고 땀 쭉 흘리고 나면 오후에는 한결 일하기 편해져."
"우와! 냄새만 맡아도 이미 해장 다 된 것 같은데요. 하하하!"

1부 유년기

송보라 대리가 다소 당황한 표정이다. 메뉴가 문제인지, 나의 비굴한 모습이 문제인지? 조금 민망했지만 애써 모른 척했다. 생태탕이 어느 정도 끓기 시작하자 미나리, 무부터 먹기 시작했다. 그런데 갑자기 부장님이 송 대리 접시를 당기고 무언가를 건넨다.

"송 대리, 이거 먹어 봐. 이 집은 이 고니가 아주 최고야."
"부장님. 저는 생선 내장 이런 것까지는 잘 못 먹는데…."
"그러니까 먹어 보라고, 제일 귀한 것이라 특별히 주는 거야."

본인이 드시던 젓가락으로 건네주니 송 대리가 나를 원망하듯 바라본다. 철준 사원이 있긴 하나, 사원급이 감당하기엔 벅차 보인다.
부장님은 내가 끌어들인 거니 내가 해결해 줘야 할 것 같다.

마침 TV에서 뉴스가 나온다. 그래, 빨리 화제를 돌려 보자.

코스피가 6년 만에 박스권을 뚫고 사상 최고치 행진을 이어 가고 있습니다. 주식 시장에 대한 관심이 점점 높아지고 있는데요. 앞으로 전망 및 대책, 오케이 증권 하한기 센터장을 모시고 들어보겠습니다.

'코스피가 6년 만에 박스권을 뚫고, 2400 돌파를 시도하고 있습니다. 2,400 돌파 시 3,000포인트 도달도 꿈만은 아닐 것처럼 보이는데요. 이것은 마치 2004~2007년의 대세 상승장의 시작을 보는 것 같습니다. 대세 상승은 2~3년간 지속되니 지금이라도 참여하시는 것은 어떨까요?

"어 부장님! 혹시 주식 투자 하시나요? 뉴스에서 코스피가 사상 최고치로 가고 있다고 하네요."

"지수가 많이 올랐네. 우리 회사 빼고는 다 올랐나 봐? 최근에 내 종목도 다 플러스 전환되었어, 우리 회사만 마이너스야."

다행히 더 이상 송 대리에게 고니를 먹이려 들지는 않는다.

"여기 3명은 재테크 뭘로 해? 펀드나 주식 조금씩은 하지?"
"저는 연초에 셀푸리온을 샀는데요. 3월에 연차수당까지 추가 매수했더니 지금은 수익권이에요. 코스피는 오르는데 셀푸리온은 코스닥이라서 그런지, 계속 횡보만 해서 조금 속상했어요."
"아, 셀푸리온. 내 의사 친구들이 그거 많이 사고 있다던데."
"정말요? 반가운 소식이네요."
"철준 사원은 아직 재테크에는 별로 관심 없겠네? 술 마시고 연애하느라 돈 쓰는 것도 바쁠 나이 아닌가?"
"부장님, 혹시 '비트코인'이라고 들어 보셨나요?"

"비트코인? 인터넷에서 몇 번 봤지. 그게 정확히 뭐야?"
"앞으로 코인시대가 열린다고 해서 조금 투자 중입니다. 작년에 1백만 원, 지금은 3백만 원, 조만간 2천만 원까지 간다고 합니다."

철준 사원의 말에 부장님께서 정색을 하신다.

"인생 선배로서 충고하는데, 젊었을 때부터 제대로 된 투자 습관을 들이는 게 중요한 거야. 돈 쓸 곳 없으면 차라리 기부를 하라고."

평소 조용하던 철준 씨가 갑자기 응수를 시작한다. 깜짝 놀랐다.

"부장님! 앞으로는 모든 것이 디지털화되지 않을까요? 돈도 결국은 디지털 화폐로 갈 것이고, 그 시작이 비트코인이래요. 이건 일종의 기술 혁명이죠. 블록체인 기술은 향후 쓰임새가 매우 많다고 합니다."
"쓸데없는 소리 그만하고, 삼신전자, 연대차 이런 거나 사서 모아."
"네…."
"신 과장은? 투자 잘할 것 같은데, 똑똑한 사람이니까."
"저는 투자는 안 합니다. 아내가 은행 예금만 조금씩."
"이자 2프로 받는 것을 재테크라고 할 수 있나?"
"아내가 주식을 싫어해서요. 저는 우리사주도 안 받았어요."
"우리사주도 안 받아? 그럼 투자 성공했네. 우리 회사 전 직원 지금 다 마이너스인데 말이야. 오늘 밥은 신 과장이 사야겠다. 허허허."
"사실 장인어른께서 예전에 신용카드사 부장이셨는데요. 2002년에 우리사주 1만 주를 받으셨다가 온 집안이 풍비박산 나면서 아내 가족 모두가 힘들게 살았다고 하네요."
"아, 2003년 카드대란 오기 전에 받으셨구나."

"네, 동료들 실권주까지 대출받아서 다 끌어 모으셨고, 그런 직원끼리 '만주클럽'도 결성했는데 곧 카드대란이 온 거죠. 온 국민이 다 알던 카드사 주가가 1/10 밑으로 갈 거라고는 상상도 못했죠. 그래서 저는 주식하다가 걸리면 이혼하고 쫓아낸다고 합니다."

장인이 우리사주 1만 주를 대출까지 받아서 사셨기에, 퇴직금으로 대출을 상환했어도 아내의 가정은 결국 파산했다. 채권자들에게 시달리다가 장모님과 이혼까지 하셨고, 아내와 처남은 피자집과 주차장 아르바이트로 학창 시절을 보냈으니, 주식이 얼마나 싫었겠는가?

멀리 볼 것도 없다.
2013년 우리 회사 상장 때도 자산본부 직원과 해외 인력을 제외하면 모두가 대출까지 받아서 우리사주 청약에 참여했다. 그때는 몰랐다. 해외에서 온 인력들과 자산본부 직원들이 왜 청약을 하지 않았는지. 결국 상장 이후 공모가격은 다시는 오지 않았고 계속 횡보 중이다.
아내의 말을 듣지 않았다면, 나도 계속 이자만 내고 있었겠지.

"혹시 투자하다가 잘 모르겠으면 언제든지 나에게 질문해. 나 최근에는 매년 2천만 원 이상씩 수익 내고 있어."
"정말요? 주로 어떤 종목을 사세요?"
"우리가 금융권에 근무하니까 금융사 실적은 대충 알 수 있잖아? 연대해상, 한빛손보, 만나생명 같은 우량 금융사 하나 골라서, 그냥 주가가 하락하면 매수하고, 10~20% 상승하면 팔고 또 기다려. 대형 주식들이 수년째 일정 범위 안에서만 계속 오르내리고 있어. 두 달에 한 번씩만 매매해도, 1년이면 거의 40% 이상 수익이 나더라. 나 이번에 '베네식스' 바꿀 때도 주식 수익금을 2천만 원이나 보탰어."

1부 유년기

주인 좋은 집 머슴살이

하반기 영업전략 보고서 작성으로 며칠째 야근을 하고 있다.
터벅터벅 무거운 발걸음으로 수원행 1호선에 올라탄다. 1호선은 신도림역이 승부처다. 승부처에서 못 앉으면 서서 가야 한다.

운수 좋은 날이다. 마침 학생이 앉아 있어서 그 앞에 섰다. 내 예상이 맞았다. 학생들은 금방 내린다. 평소에는 자리에 앉으면 바로 눈을 붙였는데, 오늘은 부장님 말씀이 귓가에 맴돌아 잠이 오지 않는다.

"이번에 베네식스로 바꿀 때도 주식 수익금을 많이 보탰어."

대기업 과장임에도 9년째 중소형차인 애랑떼를 몰고 다닌다. 차는 아무 문제도 없다. 아직 10만 킬로미터를 달리지도 않았고, 아이도 어려서 차가 좁지도 않다. 그러나 동료들은, 중고이긴 해도 외제차를 많이 구매한다. 국산차도 나처럼 중소형차 타는 사람은 찾기 어렵다.

하지만 전세금 올려줄 생각을 하다 보면 차를 바꾸는 것은 좀 무리다. 진급하면 급여가 많이 오를 줄 알았는데, 세금만 늘고 실수령액은 크게 오르지도 않았다.
나는 또 스스로를 설득한다. 애랑떼도 좋은 차다. 연애 시절, 아내와 첫 키스도 하고 여행도 다녔던 추억이 깃든 차다.
쓸데없는 생각을 하다 보니 오늘은 더 빨리 도착한 것 같다.

군포역에서 내려 마을버스를 기다린다. 오늘따라 배차 시간이 더 길게 느껴진다. 전철, 마을버스나 타면서 인생을 보낼 생각을 하고 있으니 도무지 기운이 나지 않는다. 오늘따라 왜 이런지 모르겠다.

이래서 부장들과 점심 같이 안 먹으려 하나 보다. 자랑질이나 하고 말이지. 4만 원 아낀 것은 좋았지만, 기분만 울적해졌다.

집에 도착하니 아이들은 이미 잠들어 있다. 주말에만 얼굴을 보는 아이들이지만, 어제는 현충일이라 하루 종일 많이 놀아 줬으니, 오늘 아빠를 못 봤어도 그리 서운하게 생각하지는 않을 것 같다.

집사람은 뉴스를 틀어 놓고 빨래를 개고 있다.

"자기야! 나 왔다."
"응, 고생했네. 저녁 먹었고?"
"어, 야근할 때 부장님이 피자 두 판 시켜 줘서 대충 때웠어."
"그런 걸로 매일 저녁 때우니 배만 나오지. 밥 차려줄까?"

뉴스에서는 주식시장이 대세상승에 접어들었다고 방송 중이다.

"자기야, 요즘 뉴스에서 계속 코스피 3,000 간다고 방송하네."
"그래? 나 그냥 틀어만 놓은 거라 못 들었는데."
"오늘 보니까 부장님, 대리, 사원 모두 재테크 하고 있더라."
"나도 재테크 하고 있어, 적금, 주택청약 넣고 있는 거 몰라?"
"아니, 예금 이런 거 말고, 다들 투자를 하고 있더라고."
"여보! 우리 아빠 이야기했잖아. 난 주식이 정말 무서워."
"부장님은 주식으로 수익 난 거 2천만 원 보태서 베네식스 사셨다네. 그리고 사원은 '비트코인'인가? 그런 투자를 하고 있고."
"내가 아껴 쓸게. 대기업 월급이면 우리 가족 먹고살 만해. 그리고 큰 차는 주차할 곳도 없는데 우리 수준에 '애랑떼' 정도면 딱 적당해."

"애랑떼 이야기가 아니고. 월급 쪼개서 예금에 넣고, 아껴 쓰며 평생 사는 것이 맞는지 확신이 서질 않아서 그래. 애들은 계속 클 거고, 돈 들어갈 일은 늘어날 건데…."

"당신도 계속 승진할 거고, 월급 오를 거니까. 여보! 나 주식 이야기만으로도 가슴이 콩닥콩닥 뛰어. 진심으로 하는 말인데, 그냥 성실하게 아껴가며 살자. 난 지금도 충분히 행복해."

"아니, 내가 꼭 주식 투자를 하자는 이야기는 아니고, 재테크에 대해 고민을 한번 해야 하는 시기 같아서 그냥 말해 본 거야. 주식은 무슨 주식. 바빠서 주식에 신경 쓸 시간도 없어."

이럴 줄 알면서 괜히 이야기를 꺼내 분위기만 어색해졌다.
그냥 애랑떼 타고 다니고, 아껴 쓰면 살만 하다.
잘살지는 못 해도, 먹고살 수는 있다.

마음씨 좋은 주인을 만난 조선시대 머슴의 삶이 이랬을 것 같다.

2017년 6월 29일 (목)

골드러시

코스피 지수가 장중이지만 잠시 2,400을 돌파했다.
부장님과 점심을 먹을 때만 해도 '이러다가 또 하락하겠지' 생각했는데, 투자할 돈은 없지만 지난번 방송처럼 지금이라도 참여를 하지 않으면 나만 뒤처질 것만 같아서 계속 시선이 간다.

오후에는 IT업체 삼손소프트 손영곤 사장님과 미팅이 있다. 회사 방침상 외부 업체로부터 커피 한 잔도 접대 받으면 안 되지만, 개인카드를 매번 사용해야 하니 조금 부담스럽다. 지난번에 그분이 사셨으니 오늘은 내가 사야겠다. 마침 전화가 왔다.

"안녕하세요. 어디까지 오셨어요?"
"과장님! 저 1층 공원에서 담배 한 대 피고 있어요."

담배 한 대 피고 회사 옆 커피숍으로 이동했다.

"제가 잘 몰라서 바쁘신 분 여기까지 오라고 말씀드렸네요."
"과장님! 서운하게 만나자마자 벌써 업무 이야기부터 하세요. 내가 재밌는 거 이야기해 드릴게요. 한번 들어 보세요."
"어떤 이야기인데 이렇게 들뜨셨을까요?"
"우리 개발자 한 명이 작년부터 코인이 어쩌고 그랬는데요."
"아, 비트코인이요? 우리 후배도 그거 투자했다고 하던데."
"아, 아시는구나. 그 친구 작년부터 사서 모았다더니, 이번에 전량 매도해서 4억 원을 벌었어요. 2천만 원인가 넣었는데."

"4억 원이요?"

"그렇다니까. 2년 전에 비트코인인가 뭔가를 샀다고 했을 때만 해도, 25만 원에 샀다고 했어요. 그런데 작년부터 계속 올라서 얼마 전에 5백만 원에 다 팔아서 돈 챙기고 요즘에 다시 사 모은다네요. 간단히 말하면 그냥 20배 수익이 난 거죠."

"비트코인을 2년 전부터 실제로 사고파는 사람이 있었구나. 확실히 IT 개발자니까 그런 정보도 미리 알 수 있었나 봐요. 비트코인으로 피자 사서 먹네, 해킹 당했네. 뉴스만 봤었는데."

"매수 방법 가르쳐 드릴까요? 나도 재미로 조금 매수했어요."

"하나에 5백만 원이라면서요. 저는 그런 큰 돈 없어요."

"이건 소수점으로 팔아서 1천 원도 살 수 있어요. 요즘엔 첫 거래는 5만 원 넘어야 한다더라. 최초 거래 시에 3만 원 쿠폰도 줘요."

"지금 얼마인데요?"

"며칠 전에 5백만 원 찍고 지금은 3백만 원 정도 해요."

"작전주보다 험악하네, 저는 소심쟁이라서 그런 거 못해요."

"아니 그냥 가입만 해 둬 봐요. 이게 앞으로 대세가 될 것 같아요. 연말에는 2천만 원까지도 갈 거라고 하는데요."

"말도 안 돼, 2년 전에 25만 원에서 2천만 원까지 간다? 대표님은 야수의 심장을 가졌다고 삼손 소프트인가 봐요?"

"아~ 삼손. 내가 아들이 세 명이에요. 내가 성이 손가고, 손가 son(아들)이 세 명이라서 삼손이에요."

"그래요? 아들 두 명이었으면 '두손 소프트'가 될 뻔했네요."

"그렇죠. 딸만 두 명이면 '두딸 소프트?' 하하하!"

재미있는 분이다. 아들이 셋이라고 '삼손 소프트'였다니.

몇 번 안 뵈었지만 같이 일하기 좋은 분이라 다행이었다.

그런데 막상 오늘 업무 이야기는 거의 하지를 못 했다.
업무 이야기를 했어도 머리에 안 들어왔을 것 같다. 지금은 코인 투자해서 대박 난 이야기로만 생각이 가득하다.

'비트코인으로 20배를 먹었다고? 그럼 철준 사원도 그렇게 먹은 건가? 아니다. 철준 사원은 최근에 사서 손해라고 했지. 그러고 보니 보라 대리가 갖고 있다던 바이오 종목이 며칠 전에 신고가를 찍었다고 했구나.'

2017년 7월 7일 (금)

우수사원 인센티브

금요일이다. 힘들었지만 내일은 주말이다.
7월 7일, 양력이긴 하지만, 그냥 오늘을 칠월 칠석날로 하자,
그리고 소원을 빌어 보자. 견우와 직녀도 요즘엔 양력을 쓰겠지.
17년까지 포함하면 행운의 숫자 7이 3개나 겹치는 날이다.
이곳이 '카지노'였다면 777은 최고의 행운의 숫자가 아닌가?
무엇이라도 좋으니 좋은 일이 생기면 좋겠다.

'비나이다, 비나이다.' 소원을 비는데 부장님이 부르신다.

"신용대 과장, 잠깐 나랑 나가서 담배 한 대 하자."
"네, 부장님!"

부장님이 부르시면 뭔가 불안하다. 왜 갑자기 나를? 설마 벌써 인사고과 면담인가? 아니면 내가 쓴 보고서로 혼나셨나? 이렇게 부르는 건 많이 좋거나 많이 나쁠 때만 부르는 건데.

"신 과장, 상반기 수고했고 최근에 많이 혼내서 속상했지?"
"아닙니다. 저도 나름 기획통이라고 생각해 왔는데, 글 잘 쓰시는 멘토를 이제야 만난 것이 아쉬울 뿐입니다. 진작 모셨으면 한층 더 빠르게 업그레이드되었을 텐데요."
"일이야 조금씩 배우면 되고, 상반기 수고 많았다고. 우수사원 대상자로 신 과장 올렸는데, 오늘 확정 통보가 왔더라."

"네? 우수사원 대상자요? 제가요?"
"더 열심히 하라고 주는 거니까. 조용히 혼자만 알고 있어. 다음 주 월요일에 한 달 치 기본급 정도가 입금될 거야. 집에는 솔직히 이야기하고 가족들 맛있는 것 사 줘."
"부장님! 정말 감사드립니다. 감사드립니다."

나도 모르게 90도 인사가 저절로 나온다.
이것이 자본주의다. 돈만 준다면 270도 인사도 할 수 있을 것 같다.

스태프는 반기별로 부서 우수사원 1명씩을 선정하여 포상금을 준다. 사실 늘 남의 일이었고, 대부분 차장급이 선정되는 것이 관례라서 전혀 기대도 안 했는데.

'비나이다'로 기도한 덕분인지, 예상치 못한 돈이 생겼다. 퇴근하는 1시간 내내 많은 생각을 하게 되었다.

한 달 치 급여, 아내를 주면 아이들과 알차고 기쁘게 쓸 것이다. 그러나 그래봐야 한두 달 후에는 다 써 버리고 없어지겠지. 남는 돈 몇십만 원 예금해 봐야 그냥 예금일 뿐이다.

돌고 돌아야 한다고 돈이다. 재생산될 때 아름다운 것이지.

2017년 7월 10일 (월)

Seed Money

아침 6시 기상, 샤워 후에 전날 끓여 놓은 국을 데워 국과 김치로 아침을 때운다.

6시 25분에 집을 나서 마을버스를 타면 6시 55분 전철을 탈 수 있다. 그러면 겨우 8시에 맞춰 사무실에 도착한다.

그렇게 내 하루는 지난 10년간 매일 똑같았다.

그런데 오늘은 좀 특별하다.

집을 나서기 전 6시 20분에 문자가 한 통 왔다.

- 일진화재 3,824,000원 입금, 잔액 3,914,000원, 유리은행

전철보다 더 빨리 달릴 수 있을 것 같다.

드디어 나에게 '시드 머니'가 생겼다.

80만 원은 가족에게 쓰고, 3백만 원만 투자를 하자. 3백만 원으로 한 달에 10%씩이면 30만 원, 최소 5%라도 15만 원이다.

스파게티를 인당 하나씩 시켜도 월 2회는 외식이 가능하다.

아니다. 골프도 한두 번은 나가야 하니, 외식은 한 번이다.

그래 사실 난 그저 여가 생활이나 조금 여유롭게 즐기고 싶을 뿐이지 물욕은 없는 사람이다. 외식이나 맘 편히 하자는 마음으로 욕심 내지 않고 투자를 한다면 안정적인 수익이 가능할 것이다.

주식해서 돈 잃었다는 사람들은 모두 욕심이 많아서 그런 것이다.

주식을 도박처럼 하니 손해를 볼 수밖에. 욕심 없이 3백만 원으로 외식 값만 벌자. 골프 비용이면 더 좋고. 가끔 먹는 치킨도 부담 없이 시킬 수 있겠지.

    한 달에 한 번 나가는 골프도 아내에게 많이 미안했었다.
    월급 받아서 아끼며 사는 것을 뻔히 아는데 골프 나가서 25만 원 가깝게 쓰니 남편으로서는 미안할 수밖에 없지 않은가?
    그렇다고 골프 초대를 거절하는 것도 한계가 있다. 세 번 초대받으면 한 번 정도 가고 있지만 그래도 월 1회 이상이다. 대기업에 근무하니 품위 유지비가 이 정도는 들 수밖에 없다.

    하긴 스크린 골프도 여러 번 치다 보니 그 비용도 만만치는 않다. 시내 한복판에 있는 회사이다 보니, 한 게임에 3만 5천 원이다. 거기에 저녁 먹고, 맥주 한잔하고, 돈까지 잃으면 그것도 갑갑하다.

    그러나 이제 모든 것이 해결될 것이다.
    '시드 머니'가 생겼고, 고구려 대학을 나온 명석한 사나이,
    나 신용대가 투자를 시작한다.

    기다려라. 한국 증시여!

2017년 7월 13일 (목)

투자 입문

 투자를 하겠다고 마음먹었지만, 회사 업무가 바쁘다 보니 무엇을 투자할지, 어디에 투자할지를 아직도 정하지 못했다.

 3백만 원으로 가능한 투자처는 대략 3가지가 있는 것 같다.
 그냥 일반적인 국내주식 투자,
 철준 씨가 한다는 비트코인 투자,
 그리고 가끔씩 뉴스에 나오는 미국 주식 투자.

 그런데 코인은 도저히 손이 가지 않는다.
 어렵기도 하지만 금방 가격이 절반이 되는 투자는 솔직히 무섭다.
 미국주식은 한국주식도 안 해 본 나에게는 아직 언감생심이다.
 일단 한국주식으로 먼저 성공하고, 자산이 커지면 그때 분산투자 개념으로 미국주식을 사는 것이 맞을 것 같다.

 우리 회사 건물 5층에 있는 상한증권으로 방문하여 계좌개설을 마치고 사무실로 복귀하는 길에 모바일 뱅킹으로 즉시 송금을 했다.
 시험 삼아 몇 주 사 보려 했으나, 정규장이 종료되었다며 안 된다.
 3시 30분까지만 매수가 되는 것 같다.

 괜찮다.
 오늘은 급한 보고서를 우선 작성하고, 투자는 내일부터 하자.

2017년 7월 21일 (금)

첫 거래

증권 계좌에 입금한 지 열흘이 넘었으나, 이제야 첫 거래를 한다. 회사에서 주식 앱을 켜는 것이 영 어색하고 낯설다. 업무 시간에 주식을 사는 것이 마치 횡령이라도 하는 것 같은 죄책감이 들었다.

마침 오늘부터 여름휴가다. 아침에 눈을 떠서 아무런 생각 없이 쿠키런 게임만 했다. 과금 없이도 할 수 있는 게임이라 4년 전부터 게임은 이것만 한다. 캐릭터도 귀여워 우리 집 아이들도 좋아한다.

요즘은 게임에서도 돈을 쓰지 않으면 살아남기 어려운 세상이다. 게임 속 칼 한 자루에 수천만 원에서 수억 원을 쓰는 사람도 있다고 한다. 다시 태어나면 나도 그런 삶을 살 수 있을까?

아이들 어린이집은 다음 주부터 방학이다.
아내는 아이들 픽업하러 외출을 해서 혼자만의 시간을 갖는 중이다. 게임은 실컷 했고, 이제는 주식 거래도 해 볼 예정이다.

그런데 아직 매수할 종목을 못 정했다. 어쩔 수 없이 친구 찬스를 쓰기로 했다. M증권사에 근무 중인 재현이라는 친구다.

"재현아, 나 용대다. 오랜만에 전화했네. 잘 지내지?"
"오~, 웬일이야. 아직 일진화재 다니냐? 연락 좀 자주 하자."
"응. 휴가라서 한번 전화해 봤다."

"그럼 강남 올라와. 저녁 사 줄게."
"나 비상금이 생겨서 주식 사려고 하는데 종목 하나 추천해 줘라."
"용대야, 투자는 절대 남의 말 듣고 하면 안 되는 거야. 처음 시작할 때부터 직접 종목을 고르는 습관을 들이면 좋겠어."
"좋은 말 고맙긴 한데 다음부터는 꼭 그렇게 할게. 오늘은 좀 급해."
"이렇게 주위 사람 말 듣고 투자하는 사람 중에 돈 번 사람 한 명도 본 적이 없어. 그런데 처음이라고 하니까, 그냥 우리 회사 사라."
"아! 너희 회사? M증권? 너도 좀 샀나?"
"우리 회사라서가 아니라 객관적으로도 좋은 회사라고 생각해."
"그래? 고맙다. 나 오늘은 일단 끊고 다음에 연락할게."

인사라도 더 하고 싶었지만, 시간이 없다.
증권 앱에 접속을 하고 M증권을 검색했으나 나오질 않는다. 확인해 보니 'M종금증권'이다. 이름도 맘에 든다.
예전에 재현이가 애들 주라고 걱정 인형도 한 번 준 기억이 난다.

현재가가 5,130원이길래 친구를 믿고 생각 없이 즉시 매수했다. 첫 거래였지만 별로 특별한 감흥은 없었다. 잔고손익을 보니 매수는 잘 되었고, 어느새 10원이 올랐다. 뭔가 잘될 것 같은 느낌이다.

2017년 7월 25일(화)

초심자의 행운

휴가 기간 중인데도 아침 8시에 눈이 떠졌다. 주식을 하면 장이 개시되는 9시가 기다려진다더니 몸이 말해 준다.
M종금증권 5,430원, 매수가에서 3백 원이나 올랐다.
현재 15만 원 수익 중인데 슬슬 밀리기 시작한다.

곧 아침 먹으라고 부를 것 같은데 기회를 놓치면 수익이 줄어든다. 5,360원에 전량 매도하여 12만 원 수익이다. 첫 투자는 성공이다.

"여보, 식사하세요. 애들아 일어나서 밥 먹어."

체결 문자가 오자마자 아내의 호출이다. 주식 투자를 하면 주말에도 출근하고 싶다더니, 집에서는 매매에 지장이 많아서 휴가 기간인데도 출근이 하고 싶어진다. 처음 느껴보는 감정이다.

일단 지금은 들키지 않는 것이 가장 중요하다. 체결 문자는 지웠고, 매매는 가급적 자제하자. 12만 원 벌었으니, 오늘은 외식을 할 것이다. 음식을 좀 남겨도 아까워하지 않겠다. 그리고 오늘은 아내에게 함박 스테이크가 아니라 안심 스테이크를 시켜 주자. 내 지갑 사정 생각해 준다고 함박 스테이크만 시킨 아내에게 늘 미안했다.

2017년 8월 1일 (화)

종목 발굴

어제는 휴가 후 출근에, 월말이라 주식 볼 시간이 없었다.
역시 회사는 회사다. 내가 복귀하기만을 기다린 듯 업무가 밀려들어 왔고, 이번 주는 심 차장님도 휴가라서 업무 대행까지 하다 보니, 온종일 화장실 갈 시간도 없이 빠르게 하루가 지나가 버렸다.

회사에서 종목 발굴이나 분석은 말이 안 되는 것이었다. 출퇴근 시간에 종목을 발굴하고, 장 시작하는 9시에 매수를 끝내고 업무 시간에는 업무에만 집중하기로 결심했다.
실제로 회사에서는 주식에 대해 생각할 틈이 거의 없다. 보고서, 전화, 회의, 수명업무 등이 워낙 많아 주식거래는 고사하고, 휴대폰 문자조차 볼 시간이 잘 없기 때문이다.

어제 퇴근길은 종목 발굴을 위하여 온 정신을 집중하여 주위를 살피며 퇴근하였다.

2년 전 '허*버터칩' 열풍으로 제과회사 주가가 5배 올랐었다. '소녀*대'가 좋아서 주식을 샀더니 28배 올랐다는 글도 본 적이 있다. 과자 사러 다니고, 음악을 들을 것이 아니라 주식을 사야 했던 것인데.

그때였다.
어디선가 들리는 음악 소리, 흥겨운 비트의 노래. 'Nok Nok'
그래, 바로 이거였다.

올해 상반기 얼마나 뜨거웠는가?

소녀*대 뒤를 이을 가수는 현재로서는 조아이스밖에 없다.

퇴근길 내내 조아이스와 JIP에 대해 이것저것 찾아보기 시작했다. 올해 2월 'Nok Nok'이 출시되며 주가가 4,500원에서 9,000원까지 2배나 올랐지만 'Jignal'이 출시되며 주가가 잠시 횡보하긴 했었다.

'짜릿짜릿'이라는 반복이 팬들 사이에서 좀 엇갈린 반응이 있었다. 'Nok Nok'이 발표되었을 때는 주가가 바로 반응해 줬지만 'Jignal' 발표 후에는 주가가 큰 상승을 하지는 못했다.

그런데 7월엔 도대체 무슨 일로 한 달 내내 하락했을까?

7월 1일 토요일, 오리칸차트 1위, 오사카체육관에서 쇼케이스

더없이 좋은 뉴스임에도 소문에 사고 뉴스에 팔라고 하더니, 뉴스 후에 많이 하락을 했다. 어느새 군포역이다. 아직 종목 뉴스 몇 개 보지도 못했는데. 어쩔 수 없다. 집에서 더 살펴봐야겠다.

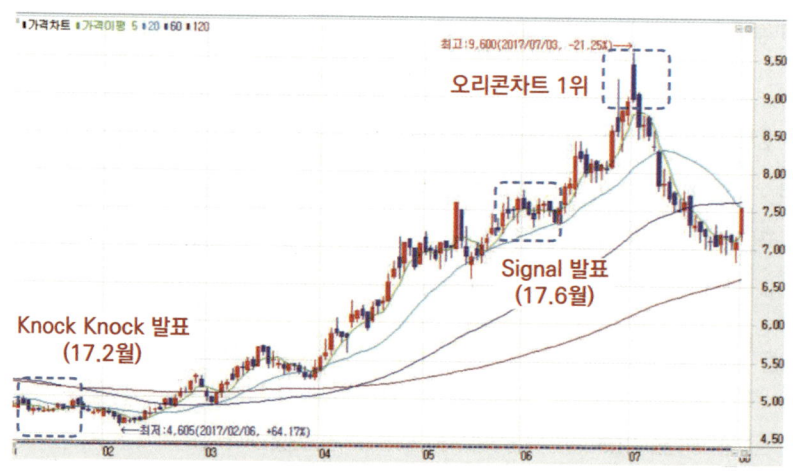

2017년 8월 1일 (화)

두 번째 거래

무척 일어나기 힘든 아침이었다.
어젯밤 '조아이스'를 검색하다 보니 새벽 1시에 잠들었다. 집사람이 안 자고 뭘 보느냐고 질문해서 말 돌리느라 곤란했다. 요즘 조아이스 노래가 좋은 것 같다고 둘러대긴 했지만.

이렇게 종목 하나 고르기가 힘든 것인가? 나는 시간이 없는데… 뉴스 검색한다고 늦게 자니 아침에 일어나는 것이 너무 힘들다.

방법을 바꾸기로 했다. 그냥 단순하게 생각하자. 최근에 가장 인기 있는 아이돌 그룹은 누구인가? 바로 조아이스다.
소녀*대 이후로 그들을 뛰어 넘는 아이돌은 아직 나오지 않고 있다. 솔직히 최근 아이돌 시장은 조아이스가 점령하고 있지 않은가?

그래 분석은 무슨 분석인가?
어차피 조금 오르면 팔아서 외식 비용만 벌면 그만이다.

장 개시 3분 전,
주위에는 살짝 배가 아픈 척 눈치를 주고 화장실로 향했다.
화장실이야말로 오전에 주식 거래하기에는 최적의 공간 같다.
생각해 보니 주식시장 안 좋은 날 아침이면 항상 화장실이 꽉 차 있었던 것 같다. 그게 이런 이유가 있었나 보다.
'장 개시 1분 전.' 부르르. 휴대폰에서 진동이 느껴진다.

장이 시작되자마자 JIP 주가가 상승하기 시작한다.
조금 지켜보며 사려 했으나 시작부터 2%나 갭 상승으로 시작을 했고 이대로 있다가 계속 오르면 더 비싼 값에 사야할 것 같았다.

화장실에 계속 머물 수도 없는 일이라, 눈에 보이는 대로 우선 7,300원에 400주를 매수하고 오늘 나의 거래는 끝났다. 매수는 끝났고 결과는 하늘에 맡긴다. 지금부터는 업무 집중이다.

그러나 업무에 집중하겠다던 나의 생각은 그저 착각일 뿐이었다. 주식을 사 놓으니 계속해서 휴대폰으로 손이 간다.

업무와 주식을 병행할 수는 있겠지만, 확실히 지장이 있다.
3백만 원 투자하는데 이 정도면, 3천만 원을 운영하면 업무를 제대로 못 할 것 같다.

다행히 7,450원이다. 내가 산 가격에서 2%나 올랐다.

비록 분야는 보험과 증권으로 다르지만, 금융사를 10년 다닌 경험이 주식에도 눈을 뜨게 한 것 같다.

2번 매수해서 모두 수익이라니, 누가 주식이 힘들다고 했던가?
마음을 비우고, 욕심 없이 투자하면 수익은 따라오는 것이다.

2017년 8월 2일 (수)

개미 털기

오전 동시호가는 하늘을 찌를 듯한 기세였다.
그리고 결국 시초가는 7,680원으로 시작했다. 하루 만에 15만 원을 벌었다는 생각에 날아갈 것 같다.

싱글벙글 웃으면 주식 창을 보는데, 긴급 상황이 발생했다. 오전의 그 기세는 사라지고 슬슬 빠지더니 내 매수 가격까지 내려왔다. 수익은 모두 날아갔고, 잠깐이긴 했어도 손실 구간까지 와 버렸다. 안 되겠다. 수수료와 세금만 남기고 매도해서 손실을 막아야 한다.

나는 사실 특별한 기록을 세우고 싶었다. 사는 종목마다 모두 수익을 내려 한다. 어렵지 않은 일이다. 그냥 싸게 사서 조금 올랐을 때 팔면 되는 것 아닌가? 두 번째 거래부터 손실이 나면 기록 수립이 어려워진다. 잠시 화장실로 가서 7,400원에 매도를 걸어 두었다.

그런데 다시 매수가까지 슬금슬금 올라온다. 아차 싶은 생각이 든다. '개미 털기'였을까? 안 되겠다. 다시 매도 취소를 해야만 한다. 이런 로그아웃이 되어 있다. 급하게 다시 로그인을 하는데 서두르다 보니 비밀번호 입력도 자꾸 틀린다.

10원 차이로 간신히 매도 취소에 성공한다.
다행히 7,460원에 장을 마감했고 개미 털기에 당하지 않았다.

2017년 8월 3일 (목)

8.2. 부동산 대책

주식 투자를 시작한 이후로 출근길이 즐거워졌다.
어제 '개미 털기'에 당하지 않았으니, 오늘 매도하면 10만 원 이상의 수익이 생긴다. 혹시 급등이라도 하면 골프 비용까지도 벌 수 있다. 여름이라 새벽 6시 티업이면 12만 원으로도 라운딩이 가능하다.

그러나 오늘 장은 조금 약하게 출발하더니 바로 급락을 시작한다. 뉴스에서 미국 공화당 상원의원이 트럼프 대통령이 '북한과의 전쟁도 불사한다'고 말했다고 인터뷰를 했다고 한다. '코리아 디스카운트'를 실제로 체감하는 것은 처음이라 당황스럽다.

관심 종목으로 등록해 둔 건설주들 하락도 심상치 않다. 그렇다. 하락 원인은 어제 발표된 '8.2. 부동산 대책'이었다. 무주택자인 나와는 큰 관계없는 일이라고만 생각하고 무심코 넘겼던 일인데.

서울 전 지역이 투기과열지구로 지정되었고, 서울 11곳이 투기지구로 지정, 대출규제는 강화되고, 양도세도 오르는 것 같다. 그런데 어제 발표하더니, 그냥 오늘부터 시행이라고 한다. 건설주를 시작으로 코스피/코스닥이 모두 급락 시작이다.

주식 투자 시작한 지 얼마나 되었다고 이런 시련이 닥치는가?
며칠만 기다렸다 주식 투자를 시작했더라면 좋았을 것을.

외국인이 건설주부터 대량 매도 중이고, 이것이 연쇄적으로 영향을 미치는 것 같다. 어제 발표하고, 오늘 즉시 시행한다는 것은 그 정책이 옳고 그름의 문제가 아니다. 주식시장은 변화를 싫어하고 급격한 변화는 항상 불안감이 증폭되기에 악재일 수밖에 없는 것이다.

내 종목은 엔터주라서 부동산 정책과 무관하지만 지수를 이길 수 있는 종목은 없다고 했다. 어제 그냥 매도했어야 하는데, 괜히 매도 취소를 했다. 지난번에 12만 원 벌어 둔 것이 있으니(사실 이미 다 써 버렸지만) 오늘 손실을 좀 감수하더라도 매도해야 할 것 같다.
6천 원 아래로 내려가면 지난번과 합쳐도 손실이다.

아니다. 버텨 보자.
후배들과 차라도 한잔하며 머리를 식히면 다시 올라 있겠지.

"철준 씨, 밑에 별다방에서 커피 3잔만 부탁해도 될까? 보라 대리와 잠시 티타임 갖자고, 부장님 안 계실 때나 가능하니."

회의하러 가는 척 송 대리와 다이어리를 들고 회의실로 갔다.

"보라 대리, 휴가는 잘 다녀왔고?"
"네, 저는 7박 9일로 스페인 다녀왔어요."
"한 나라만 간 거야? 프랑스, 스위스 이런 곳도 좀 둘러보지."
"한 나라만 보더라도 제대로 보는 게 좋다고 생각해서요."
"확실히 세대차이가 나는구나. 철준 씨는 휴가 언제야?"
"아 저는 이번 달 말에 네팔 히말라야 산으로 등산 가려고요."
"뭐? 히말라야? 우와~ 멋진걸. 누구와 가?"

"혼자 가요. 조만간 결혼도 할 텐데, 마음 비우고 오려고요."
"아, 결혼할 여자 친구는 있나 보네?"
"에이, 철준 씨 여친도 없으면서 허풍만 떠는 것 같은데요."
"송 대리님! 저 내년 여름이나 가을에 결혼할 거거든요."
"결혼은 뭐 혼자 하나. 돈 모아 놓은 건 있으세요?"
"금방 대박 날 겁니다. 비트코인 심상치 않아요. 가즈아~!"
"맞다. 비트코인 투자한다고 했지? 그거 요즘은 얼마나 해?"
"3백만 원에서 계속 횡보하네요. 지금 조금 손실 중이에요."
"송 대리도 바이오 종목 하나 샀다고 했지?"
"아우, 말도 마세요. 좀 오르는 것 같더니, 다시 본전 왔어요."

다들 재테크도 하면서 여행도 다니고 즐겁게 사는 것 같았다. 나도 결혼 전에는 혼자서 해외여행을 다녀온 적이 몇 번 있다. 그러나 지금은 4인 가족이라 해외여행은 엄두가 나지 않는다.

올해도 고성 아야진 해수욕장으로 휴가를 다녀왔는데, 마을 차원의 홍보 행사도 많아서 좋았다. 맨손으로 오징어잡기 체험은 색다른 경험이었고, 오징어를 현장에서 삶아 주니 그 맛도 환상적이었다.
다만 송 대리가 혼자서 해외여행을 다녀왔다는 말을 들으니, 고생하는 아내라도 해외여행을 보내주고 싶다는 생각이 든다. 아내는 신혼여행이 처음이자 마지막 해외여행이었다.

"무슨 생각을 그리 하고 계세요? 안색도 좀 안 좋으시고."
"요즘에 잠을 깊이 못 자는 것 같아."
"늘 긍정적이신 과장님이 무슨 고민이 있을까요?"
"내가 얼마 전에 주식 투자를 시작했거든. 그래서 그런가?"

"어! 주식 투자하면 이혼당하신다면서요?"
"그래서 엄청 비밀스럽게 하고 있지."
"마음 비우지 않고 주식 투자 시작하면 엄청 피곤하실걸요."
"원래 그런 거야? 솔직히 그냥 하루 종일 피곤해."
"아침에 일어나서 나스닥 올랐는지 확인해야죠, 동시호가 20분 동안 오늘 오를까 떨어질까 마음 졸여야죠, 장중 내내 오르락내리락 신경 쓰이죠, 나스닥 올라도 중국, 홍콩 하락하면 우리도 같이 하락하죠, 중국, 홍콩 상승해도 나스닥 선물 하락하면 우린 또 하락하죠, 퇴근길에 종목토론방에서 안티들 글 읽다 보면 화가 나죠. 주식 투자는 투자자의 스트레스를 수익과 바꾸는 거예요. 그래서 저는 출퇴근길에만 봐요. 사고팔 것 아니니까요."
"아 그게 가능해? 난 계속 신경 쓰이던데."
"주가 신경 쓰면 업무 못 해요. 그냥 묻어 두는 거예요."
"철준 씨도 그래?"
"코인은 더 해요. 24시간 거래가 되니까 온종일 피곤해요."

후배 말을 들으니 내가 너무 뉴스에 일희일비한 것 같다.

'북미갈등', '82 부동산 대책'
나와 관계없던 일들이 내 생활 속으로 파고들기 시작한다.

2017년 8월 8일 (화)

실전 무패

지난 달 7월 7일은 운이 좋은 날이었다.
부장님이 성과급을 챙겨 주셨고, 그 돈으로 지금 투자 중이다.
오늘은 8월 8일이다. 8은 중국에서 돈의 상징이고 8이 많을수록 돈복이 붙는다고 했다.
현재 시각 8월 8일 오전 8시 8분.

'비나이다. 비나이다.' 오늘도 다시 소원을 빌어본다.
드디어 동시호가 시간, 이제는 휴일에도 동시호가 시간이 기다려진다.

그런데 갑자기 휴대폰 화면에 시뻘건 20%짜리 붉은 기둥이 보인다. 혹시 내 소원이 이뤄진 것일까? 8888의 기적 말이다.
상한가를 한번 기대하고 버텨볼까?
그러나 잠시 후 그 붉은 기둥은 바로 사라져 버렸다.
어? 그러더니 다시 더 큰 붉은 기둥이 나타난다.
나중에 알게 되었지만 그냥 돈 많은 누군가 장난치는 것이라고 한다. 이때 조심해야지 잘못 쫓아 들어가면 손실이 발생한다. 시뻘겋고 높이 솟은 동시호가를 보고 들어가서 고점에 매수하자마자 손실이 발생하고, 이후 다시는 본전을 못 찾는 경우도 있다고 한다.

좋다 말았다. 9시가 되자 그저 20원 상승으로 시작을 했다.
'아직 내 본전까지 오는 것은 조금 더 있어야 하는구나'라고 생각하는 순간에 바로 본전을 넘어 7,400원까지 직행한다.

마음 편히 일할 수 있을 것 같아 잠시 접어두고 보고서를 쓴다. 수년간 보고서를 써 왔지만, 주식 투자를 시작한 이후 보고서 쓰는 것이 조금 소홀해졌다. 주식은 바로 성취감이 느껴지는데, 보고서는 그렇지 않기 때문이다.

무언가 보고하고 진행하여 회사에 기여했다는 성취감을 느끼고 싶지만, 솔직히 우리 일반영업부가 아무리 발버둥 쳐 봐야, 장기보험과 자동차보험에 비해서 너무 관심을 못 받고 있다.

1년 주기로 매년 갱신하다 보니 그 스트레스는 다른 부문보다 훨씬 높음에도 불구하고, 갱신은 당연하다 여겨지고, 신규까지 하라고 한다. 신규 계약을 하면, 손해율이 좋지 않다고 또 한마디 한다. 보고서가 무슨 소용인가? 신규를 해도 안 해도 좋은 소리 못 듣는데.

그러나 주식 투자는 다르다.

작은 수익이라도 발생하면 성취감이 느껴지고 돈으로 바로 연결이 된다. 보람 없는 보고서보다 확실히 주식 매매가 재미가 있긴 하다.

그러나 보고서는 써야 해서 다시 삼손소프트에 전화를 건다.

"안녕하세요. 저 일진화재 신용대 과장입니다."
"과장님! 안녕하세요."
"삼손소프트 도움이 좀 필요해서 전화 드렸어요. 기업 마케팅 솔루션이라는 시스템을 만들어 보라고 하시는데, 어떻게 시작해야 할지 잘 감이 오질 않네요."
"이번 주는 출장인데, 8월 14일 '샌드위치 데이'에 쉬시나요?"
"저 그날 안 쉽니다. 그날 뵐까요?"

"재밌는 소식이 또 하나 있는데 그날 자세히 말해 줄게요."

삼손소프트 손 대표님과 통화를 하고 나면 기운이 난다. 예전에 운동을 하셨다더니 몸도 정신도 모두 늘 건강하시다.

사무실에서도 매일 될지 안 될지도 모르는 보고서만 쓰고 있으니, 심각할 정도로 배가 나오고 그냥 봐도 아저씨인 내 모습이 안쓰럽다. 그래, 나를 부자로 만들어 줄 나의 종목 주가나 한번 살펴보자.

'7,580원'. 내가 산 가격에서 거의 3백 원이 올랐다.
그래, 그럼 7,600원에 걸어 두자. 힘내라 20원.
잠시 후 체결 통보가 왔고, 나는 또다시 12만 원을 벌었다.

복기를 해 본다.

첫 번째 거래는 M증권을 사서 10만 원 넘게 수익이 났다. 그러나 그건 친구가 알려준 종목이다. 휴가 기간에 급히 사느라 어쩔 수 없었지만 매도 시점은 내가 정했다.
첫 거래 치고는 매우 훌륭한 대응이었다.

두 번째 거래가 좀 의미가 있다.
일단 종목 발굴을 내가 직접 했다. 8.2 부동산 대책으로 인한 급락장도 잘 버텼다. 그래서 이렇게 짧은 기간에 큰 수익을 얻게 된 것이다.

[별지] J*P 주가 흐름

[신 과장 매매 당시 J*P 차트]

신 과장이 매매했던 J*P 는 대세 상승의 아주 작은 시작일 뿐이었다.

트*이스라는 걸그룹이 향후 대세가 될 것을 예상했었다면 조금 더 오랜 기간 보유했어도 나쁘지 않았을 것이다.

1년만 보유했다면 5배 이상의 수익이 가능하였으며, 중간에 조정도 없이 지속적으로 상승했으니 견딜 수도 있었을 것이다. 그리고 수년 후에는 더욱 큰 폭의 상승을 했다.

2017년 8월 14일 (월)

황금 동전

    손 대표님이 어떤 재밌는 이야기를 해 줄지 기대된다.
    회사 앞 커피숍에서 2시에 뵙기로 했는데 그 커피숍은 좀 신기하다. 사장님이 예전에 연예 기획사 일이라도 했던 것인지, 아르바이트생이 늘 걸그룹 연습생이나 배우 지망생처럼 화려하고 예쁘다.
    그런데 이런 생각을 하는 것은 나 혼자만이 아니었다.

"안녕하세요. 오랜만에 뵙네요."
"아니 커피를 왜 사 놨어요. 내가 사 드리려 했는데."
"아르바이트생하고 이야기나 좀 해 볼까 해서 제가 샀어요."
"내가 이야기하고 싶었는데, 기회를 빼앗아 버렸잖아요."
"대표님도 아르바이트 하시는 분 예쁘다고 생각하시나 봐요?"
"뭘 생각을 해요. 생각 안 하고 봐도 완전 아이돌 같은데."

    옆집은 커피가 500원이나 저렴한데도, 주인아주머니가 직접 일하셔서 그런 것인지, 도통 손님이 없다. 안쓰러울 정도로…. 반면에 이 집은 아르바이트생이 예뻐서인지 항상 남자 손님이 많고, 건너편 집은 잘생긴 남자 아르바이트생이 있어서인지 여성 손님이 많다.
    커피 향이 좋아서 간다고 말하지만 본심은 그게 아닌 것 같다.

"대표님! 사실 내가 여기 사장님한테 며칠 전에 대놓고 물어봤어요. 혹시 연예 기획사 하셨냐고. 아르바이트생을 어디서 매번 연예인 지망생 같은 친구들로 채용하시냐고."

1부 유년기

"그랬더니 뭐라고 해요? 진짜 연예 기획사 했다고 하나요?"

"아니요, 시급 1,000원씩만 더 줘도 면접자가 줄을 선다네요."

"아 그래요? 역시 돈이구만."

"그러니까요. 결국은 돈이 가장 강력한 무기 같아요."

"그래서 오늘 재미있는 이야기해 드리려고 왔어요."

"아 맞다. 무슨 이야기인데 그리 사람을 궁금하게 만드세요."

"그 비트코인 대박 났다던 개발자, 그 친구가 그날 우리 통화할 때 사표를 냈어요. 그냥 자기는 코인 전업 투자한다고."

"하긴 그 정도면 그만둬도 되긴 하겠다."

"그래서 내가 붙잡았거든. 코인이란 것도 계속 오를 리는 없잖아요. 괜히 나가서 후회하지 말고, 회사에서 단타 치는 거 허락해 줄 테니 일단 사표는 넣어 두라고 했거든요. 그런데 자기는 밤새워 매매해서 잠을 제대로 잘 수가 없으니까 회사 못 나온다고 하더라고요."

"밤을 새요? 그건 주식처럼 장 마감 이런 게 없나 보죠?"

"그렇다니까. 이건 365일 24시간 풀로 돌아가. 그런데 초기에 그렇게 대박 난 친구들끼리 모임이 있다고 하네요. '고래잡이' 라는 모임인데, 코인 부자들을 고래라고 한대요."

"고래요?"

"그렇다니까, 아무튼 고래들 사이에서는 이게 큰손 부자들이 많이 투자하고 있어서, 상승이 쉽게 멈추지는 않을 거래요. 계속 간대."

"오늘 얼마 하는데요?"

"요즘에 계속 오르던데, 얼마나 하나 한번 보죠. 와, 드디어 5백만 원 찍었네. 결국 다시 5백만 원 찍었구나. 정말 대단하다, 비트코인."

"그거 제가 지난번 말씀 듣고 봤을 때는 270만 원이었는데."

"퇴사하지 말라고 설득하다가, 코인 가격 오르는 것 보고 포기했어요. 나중에 폭락하면 언제든 받아 주니까 돌아오라고 하면서. 그 친구 지난번에 5백만 원에 팔고 2백만 원대 계속 다시 샀으니까 또 2배 먹었겠네. 그런데 안 팔 거래요. 무조건 2천만 원 간다면서."

"아니 그럼 2천만 원 투자해서 4억 벌고, 그거 내려갔을 때 또 사서 두 배 되었으면 최소 6~7억이네요. 지금?"

"요즘에 아파트 보러 다니더라고요. 나도 투자 금액 늘렸어요. 지난번에 재미로 1천만 원만 넣었는데, 어차피 지금 플러스라서 4천만 원 더 넣어서 5천 메이드!"

"다들 투자박사시네요. 나만 뒤처지는 것 같아 좀 서운해요."

비트코인 이야기를 듣다 보니 30분이 지났다. 기업 마케팅 솔루션 시스템과 관련해서는 하나도 이야기하지 못해서 추후 전화해서 물어본다고 했더니 언제든 전화 달라고 하신다.

업무 이야기를 못 하고 헤어지니 자율학습에서 도망친 기분이 든다. 그래 가끔은 이런 시간도 있어야지. 예산 받기도 어려운 상황에서 혼자 고민한다고 될 일도 아니다.

일단 IT예산이 문제가 아니라,
나도 비트코인을 해야 하는 것인가?
주식 매매로 1-20만 원씩 벌어서는 될 일이 아닌 것 같다.
사무실에 돌아와 철준 씨에게 살짝 메신저를 해 본다.

- 철준! 자기 비트코인 한다고 했지?
- 과장님, 비트코인 가즈아~~. ㅎㅎ 물렸다고 잠시 슬펐었는데 그냥 며칠 만에 바로 회복하고, 이젠 수익권입니다.
- 좀 실례되는 질문이긴 한데, 자기는 얼마나 투자해?
- 아, 저 많이는 안 해요. 그냥 재미로 5백만 원 정도 넣었는데, 투자

금 늘려야 할 것 같아요. 벌써 수익률 50% 도달!
- 아, 투자금 늘릴 여유가 조금 있나 보네?
- 저 대학 때 과외 하면서 돈 모았었고, 입사해서 4년 동안 거의 다 저축해서 5천만 원 정도 모아 둔 거 있어요. 이거 결혼 자금으로 쓰려고 지금 악착같이 모으는 중인데, 결혼 자금 은행에 넣어 두는 것보다 투자를 하면 어떨까 고민되는 상황이긴 하네요.
- 에이, 결혼 자금 이런 것은 좀 위험하다. 아무튼 축하해.

아직도 코인이 무엇인지는 도무지 감이 안 오지만, 한 사람은 아파트를 사러 다닌다고 하고, 한 사람은 몇 주 만에 2백만 원 이상 벌었다고 한다. 그러나 위험한 투자는 피해야 한다.
적어도 주식은 기업이라는 실체라도 있지 않은가?
코인은 내가 봐선 네덜란드 튤립사건 같은 허상일 수도 있다.
혹시라도 결혼 자금을 투입한다고 하면 말려줘야 하는 걸까?

아니다.
내 앞가림도 못하면서 그것도 웃기는 일이다. 나이 마흔을 바라보는 시기에 2백만 원을 번 후배에게 내가 무슨 말을 할 수 있을까?

투자의 세계에서는 돈 많이 번 놈이 형인 거다.

2017년 9월 11일 (월)

수년간 해 왔던 바로 그 게임

오늘은 38세가 되는 생일이다. 올해는 숫자 점이 꽤 잘 맞았다. 7월 7일은 성과 인센티브 확정, 8월 8일은 JIP 매수로 수익.

이번에 선정하는 종목도 좋은 결과를 줄 것으로 믿는다. 38세 생일이면 38광땡 아닌가. 지난번 7땡, 8땡과는 비교되지 않는 천하무적의 패다. 오늘 생일을 기념하며 좋은 선물을 주리라 믿는다. 그래서 이번에 매수할 종목은 바로 '데박시스터즈'로 정했다.

주말에 케키런을 하다가 문득 이 회사가 궁금해져서 살펴봤다. 수년째 이 게임을 해 왔음에도 상장되었는지 처음 알았다. 그리고 다시 보니 게임 시작할 때 회사명이 나오긴 나온다. 내가 신경을 쓰지 않아서 보지 못했던 것 같다.

상장 이후 수년 동안 큰 반등도 한 번 없이 계속 주가가 하락했다. 5만 원대에 상장하여 7만 원을 잠시 찍었었고, 그 이후로는 지속적으로 흘러내려 3만 원 근처에서 횡보하더니, 작년 가을에 또 다시 하락하여 1만 5천 원에서 횡보 중이다.

주가가 하락한 이유가 도대체 무엇이었을까? 게임주는 처음 접해보지만 이 게임은 수년간 플레이 해 왔고, 국민 게임이라 불리며 꽤 인기가 좋았는데 이해가 되지 않는다.

먼저 2016년 몇 년 만에 게임을 새로 설치했던 기억이 난다. 수년간 출퇴근길에 하루도 안 거르고 매일 게임을 해 왔는데, 갑자기 기존의 케키런 게임은 업데이트 중단 안내가 나왔었고, 오뎅브레이크를 다운 받아서 다시 설치하라는 글을 어디선가 읽었다. 두 게임이 크게 차이는 없었는데, 재미는 반감되었다.

기존 친구들과 내 점수를 비교하여 순위 확인이 가능했기에 더 열심히 달렸는데, 지금은 내가 잘 달려도 나를 인정해 줄 친구가 없다.

토마스, 제임스 같은 친구가 추천되어도 나를 모르는 사람이라 내가 구태여 열심히 1등을 할 이유가 사라져 버린 것이다. 그렇다면 그 회사는 왜 당시에 그런 결정을 어렵게 내렸을까? 이미 충분히 많은 유저가 있었을 텐데. 최근 뉴스를 보니 단일 게임 리스크를 탈피하기 위하여 다작의 신규 게임 출시 예정이고, 그 모든 게임들을 자체 통합 플랫폼에 탑재하기 위해서라고 지난 봄 사업발표회에서 여러 가지 청사진을 발표했었다.

플랫폼이란 것이 무슨 말인지는 잘 모르겠으나, 봄에 저런 발표를 했는데도 불구하고 주가는 잠시 반응하다가, 다시 하락세로 돌아섰다.

그러나 주가도 이젠 슬슬 반등할 때가 되지 않았을까? 매 분기마다 신게임이 연속하여 출시된다고 발표하지 않았는가? 기분이 좋아진다.
투자자 중에서 아이들 게임을 아는 사람이 얼마나 되겠으며, 직접 게임까지 하며 종목을 선택하는 사람은 얼마나 되겠는가?

생일 선물로는 최고의 종목이다. 가격도 저평가 상태로 보인다.

2017년 9월 12일 (화)

게임주에 입성하다

　어제는 숨겨진 보물 같은 종목을 발굴했다는 사실에 퇴근길이 즐거웠다. 자체 플랫폼을 갖게 되면 이익이 증가할 것이다.
　캐릭터들이 충분히 귀여워서 IP 확장 가능성도 커 보인다.

　11,000원으로 장이 시작했지만 막상 매수하려 했으나 매도 물량도 없고, 매수 대기도 없다. 하루에 겨우 1~2만 주만 거래되는 종목이다. 내 돈 3백만 원으로도 한 번에 3백 주 사기도 어려웠다.
　11,200원에 2백 주가 걸려 있어서 4호가 위로 매수해 버렸다.
　2백 원 높게 산들 뭐 대수인가? 바빠서 매수대기를 해 놓고 쳐다볼 시간이 없다. 못 샀는데 급등하면 얼마나 아깝겠는가?

　그런데 내가 매수한 후에 누군가 바로 11,000원에 150주를 던진다. 매수 대기를 걸어 두었으면 되는데 1분 만에 3만 원 손해를 봤다. 그러나 큰돈을 벌 사람이 3만 원을 아까워해서 쓰겠는가?
　곧 나의 과감한 투자가 옳았음이 바로 증명되었다.
　평소 1~2만 주 거래되던 종목이 오전에만 4만 주 이상 거래되며 12,000원도 잠깐 넘었다. 사자마자 7~8% 수익권이다.

　8월 말에 업데이트된 단체탈출 모드가 유저들 사이에서 호평이다. 결국 게임에 결제하는 사람도 증가할 것이고, 자체 플랫폼이니 이익도 증가할 것이다. 저점에 잘 잡았다는 확신이 들기 시작한다.

2017년 9월 18일 (월)

케키런 어드벤처

오늘은 장중 10%, 종가 8% 상승하며 12,750원으로 끝났다. 무엇보다 거래량이 터지며 10만 주를 넘겼다는 것이 좋다. 1~2만 주에 불과했던 거래량이 10배 가까이 증가한 것은 조만간 신작 출시가 구체화된 좋은 뉴스가 나올 것이고, 정보를 입수한 세력이 선취매를 하고 있다고 생각할 수 있다.

매번 휴대폰으로 게임 할 때마다 아내의 구박이 얼마나 심했던가? 그 구박이 재테크 성공으로 승화되기 직전이다. 오늘까지 수익이 약 40만 원, 지금 매도해도 외식과 필드도 한 번 나갈 수 있다.
그러나 지금 당장은 팔지 않을 것이다. 이 종목은 운 좋게도 저점에 잘 잡은 것 같다. 이대로 장기 보유하면 이익이 극대화될 것이다.

사실 이번 주말에 아이들과 함께 올래딘 중고 서점에 갔었다. 그곳에서 책을 고르던 중 깜짝 놀랄 일이 있었다. 아이가 책 한 권을 들고 나에게 오더니 말했다.

"이거 아빠가 하는 게임 그거 맞지?"

그 게임의 캐릭터로 만화를 만들어서 편찬된 세계여행 책이었다. 그래, 내가 어렸을 때는 '뭔 나라 미운 나라'가 필독 도서였다면 지금 아이들에게는 '케키런 어드벤처'인 것이다.
이 회사는 단순한 게임사가 아닌 캐릭터까지 판매하는 회사다.

내가 정말 대단한 종목을 발굴한 것 같았다.

요 며칠 10만 원씩 두 번 먹어 보니 할 짓이 못 되는 것 같다.

그냥 장기투자 모드로 가서 '오뎅브레이크' 게임이 어린이들에게 인기 캐릭터가 되고, 신작 게임까지 나와서 인기가 더욱 올라간다면 공모가 53,000원 회복도 불가능하지 않을 것이다.

역시 장기투자가 맞는 것 같다. 직장인이 단타 치는 것은 어렵다. 저점에 잡은 만큼 일희일비 말고 업무에만 집중하자. 어차피 앞으로는 계속 수익권일 것이다.

2017년 9월 27일 (수)

일주일 만에 끝난 장기투자

　나의 장기투자 결심은 일주일을 채 넘기지 못 했다. 결심이란 것은 상승 때나 지켜지는 것이지, 하락 앞에서는 흔들릴 수밖에 없다.
　지난 수요일까지 모든 것이 좋았다. 결심은 확고했다. 그러나 목요일 오전에 급등하다가 오후에 급락하고, 금요일도 추가로 하락하며 나의 매수가 근처로 오고 있었다. 조금 더 빠지면 손실이 날 수도 있었다.

　결국 매수가에서 수수료 50원을 남기고 전량 매도했다. 속이 후련하다. 그러나 미련은 남는다. 내일 대규모 업데이트가 잘 끝나고 매출이 오른다면 주가는 또다시 오를 것 같은데, 기껏 팔고 나니 내일 다시 사야 할지 고민이 된다.
　매도도 즉흥적, 매수도 즉흥적.
　아무런 계획 없이 매매하고 있다는 것을 스스로도 조금 느끼고 있다.

2017년 9월 27일 (수)

명절과 주가 하락

이번 추석 연휴는 몇백 년에 한 번 있을까 말까한 10일 연휴다 보니 도무지 일이 손에 잡히지를 않는다.

"송 대리! 우리 커피나 한잔하자."
"네, 잠시만요, 메일 한 통만 보내고 갈게요."
"그럼 나 먼저 가서 주스 하나 시켜 놓을게."

일이 안 될 때는 에이엠피다. 연예인 지망생 같은 아르바이트생을 보면 기분이 좋아진다. 나도 여기저기 원서를 내던 적이 있었는데…. 물론 1차 서류전형에서 다 떨어졌다.
외무고시 4년 공부, M케이블 VJ, KVS 슈퍼탤런트, 트로트 가요제 등 모든 곳에서 나는 1차 시험도 못 붙었는데, 이렇게 입사시켜 주고 월급까지 잘 주는 회사에 감사할 뿐이다.

이곳 아르바이트생 중 누구도 TV에서 본 적은 없다. 확실히 연예인으로 데뷔하는 것은 매우 어려운 일이다. 반면 대기업은 참 좋다. 월급 잘 나오고, 추석 보너스도 많고, 복지포인트에 가족 생일에는 선물도 챙겨 주고, 콘도 예약에서 관광지 숙소 할인까지 받을 수 있다. 이렇게 많은 혜택을 받고 있는데, 난 왜 부유하게 살지 못하는 걸까?

"많이 기다리셨죠? 갑자기 프로모션 관련 전화가 와서."
"아니야. 송 대리는 이번 추석에 고향 가나?"

1부 유년기

"익산에 가요. 한옥으로 리모델링했어요. 사진 보실래요?"
"우와~ 집 좋다. 송 대리 부자였네?"
"에이, 부자까지는 아니죠. 익산은 집값 그리 안 비싸요."
"그러게. 우리 다 같이 부자가 되어야 할 텐데."
"직장만 다녀서는 부자 되기 힘들죠. 늘 월급은 부족하니까."
"송 대리가 보유한 종목은 최근에 엄청 오르는 것 같던데."
"평단 9만 원인데 지금 14만 원이니 50% 정도 수익이죠."
"그런데 내 것은 오를 듯하다가 말더라. 어제 다 팔아 버렸어."
"어떤 종목 갖고 계세요?"
"대박시스터즈."
"처음 들어 보는데, 어떤 종목인가요?"
"어, 그냥 내가 하는 게임 주식인데, '케키런'이라고."
"그 게임은 저도 많이 했는데, 그 회사가 상장된 건 몰랐네요. 그럼 시총도 작고, 아직은 외인 비율도 낮겠네요."
"시총은 작고, 외인 보유율도 아직 1%도 안 되는 것 같아."
"개인주주가 많은 종목은 명절 전에 하락하는 경우가 많아요."
"그건 또 무슨 소리야? 추석이랑 주가와 관계가 있어?"
"이번 연휴가 열흘이나 되잖아요. 개인 투자자는 연휴가 길면 불안해서 돈을 빼요. 전쟁이 날 수도 있고, 전염병이 돌 수도 있으니까요. 그리고 미국에서 금리 올리는 것 언급만 해도 문제가 커져요. 반면에 기관, 외인들은 본인 돈 아니니까, 그냥 보유하는 거죠. 또 연휴 때는 자영업이나 사업하는 분들이 직원들 월급이랑 미결제 대금, 선물 구입 등 운영 자금도 필요하니까요."
"그렇구나. 나도 조카들 용돈을 주려고 조금 팔려고 했었지."
"오늘까지 팔아야 연휴 전에 현금 인출이 가능하거든요."
"명절까지 고려해서 매매해야 하는 거야? 쉬운 것이 없네."

"과장님! 그런데 투자 하시려면 신경 쓸 것이 훨씬 더 많아요."
"그래? 어떤 것이 있을까? 예를 들면."
"대주주 스톡옵션이 주가에 가장 즉각적인 반응을 보이고 예민하죠. 임원 스톡옵션 규모, 행사가, 행사 기간 등등 미리 살펴 둬야 하고요. 분할 상장도 항상 의심해야 돼요. 모회사를 한번 고가로 팔아먹은 후에 모회사 주가를 하락시키고 자회사를 분할 상장하는 기업도 있어요. 또 오너 체제의 회사는 자녀가 몇 명인지, 몇 살인지도 알아야죠."
"대표 자녀 나이까지? 난 우리 집 애들 나이도 헷갈리는데?"
"오너가 고령인데 지분율이 높을 경우, 그런 회사는 주가 안 올라요. 마치 상속세 줄이려고 인위적으로 관리하는 그런 느낌이랄까?"
"와~ 오너 체제 기업은 가족 호구조사까지 해야 한다고?"
"신규 계열사 하나 설립하고 자녀들을 거기 임원으로 앉히는 경우도 있어요. 그러면서 돈 되는 일감을 모두 그 계열사로 몰아주죠. 그러면 모회사는 주가 계속 하락하고, 나중에 보면 그 계열사를 상장시키고."
"나도 데박시스터즈는 잘 알고 있어. 몇 년간 게임을 해 왔으니까, 내 나이에 게임을 직접 하면서 투자하는 사람 많지는 않을 것 같은데."
"거기 직원 수가 몇 명인가요? 매출, 영업이익은 얼마고요?"
"재미있다. 신작이나 업데이트를 한다. 이 정도만 아는데?"
"게임은 매출 대비 인건비가 많으면 경쟁력이 떨어져 버리죠."
"이번 업데이트가 재미있다고 다들 토론방에 글 남기던데…."
"그럼 매출 순위가 어떻게 되요? 구글하고 애플 기준으로요."
"순위? 몰라. 그냥 다들 재밌다고 하면 매출 오르지 않을까?"
"게임 종목 투자자는 매출 순위를 꼭 확인해야 돼요. 특히 신작 출시 후에는 하루에도 몇 번씩 확인하고, 안드로이드나 애플도 구분해서 봐요. 애플은 1시, 4시, 7시, 10시마다 실시간으로 확인 가능해요. 게임주는 사실 가장 정직한 종목이기도 해요. 순위가 나오면 거기에 따라 주가도 움직이니까요. 또 직접 설치해서 해 보면 느낌 오거든요. 재미있는지, 없는지. 재미없다고 느껴지면 바로 도망쳐야죠."
"그래? 그냥 게임만 잘 안다고 종목을 아는 것이 아니구나!"
"코스닥 종목은 잘 보셔야 해요. 거래정지, 상장폐지 많아요."
"듣고 보니 반성해야겠네. 게임이 재미있어서 투자한 것인데."

이야기는 잘 들었지만 주식을 공부할 게 뭐가 있나 하는 생각은 여전하다. 고스톱이나 포커를 공부해 가며 치는 것도 아니고, 패 잘 뜨면 먹는 거고, 안 뜨면 잃는 것이다. 업무도 깐깐하게 해서 여럿 피곤하게 하더니 투자도 저리 피곤하게 하는구나. 삶이 참 힘들겠다.

저렇게 공부했던 송 대리도 계속 손실 중이지 않았던가. 주식 투자는 감이다. 나는 감으로 투자해도 3번 모두 수익내지 않았던가? 어느 세월에 사장 자녀들 상속까지 따져가며 투자를 하는가? 그러나 추석을 앞두고 개인이 돈을 뺄 수 있다는 말은 공감이 된다.

공부가 필요한 것인지? 타짜의 감이 중요한지? 고민해 보자.
그러나 호구조사까지 해야 한다면 그냥 감에 의존하겠다.
세상 그렇게 복잡하게 산다고 다 성공하는 것은 아닐 것이다.

2017년 10월 21일 (토)

돼지 껍데기와 한우 축제

    우리 집 아이 둘은 딸임에도 불구하고 돼지 껍데기를 잘 먹는다. 4인 가족이 삼겹살 3인분을 시키고 조금 모자라는 경우에는 늘 삼겹살이 아닌 돼지 껍데기 1인분을 추가로 주문한다.
    삼겹살 1인분은 14,000원이지만 돼지 껍데기 1인분은 5,000원이다. 돈 만 원 더 아껴 보자고 삼겹살 대신 껍데기를 추가하다 보니 8살, 6살 어린 아이들이지만 이제는 제법 좋아하기까지 한다.

    명색이 대기업 보험사 과장인데 아이들에게 삼겹살도 양껏 못 사 주고 아까워했던 것이 아빠로서는 늘 미안했다. 사실 나도 늘 아이들에게 한우를 사 주고 싶다. 돈이 없어 못 할 뿐. 그러던 중 횡성에서 한우 축제를 한다는 인터넷 기사는 매우 반가운 소식이었다.

    "여보, 횡성한우축제라고 있다는데 우리 한우나 먹으러 갈까?"
    "한우축제라고? 그런 축제가 다 있어?"
    "나도 우연히 봤는데 아마 지자체가 운영하는 것 같아."
    "어머, 그럼 우리도 한우 먹는 거야?"
    "꼭 한우 먹으러 가기보다는 바람도 쐬고 좋을 것 같아서."
    "그래 가자. 토요일에 가면 되나?"

    토요일이다. 늦잠이 많은 가족이라 오전 10시를 넘어 출발했다. 가을인지라 놀러 가는 사람이 많아서 작년(2016년)에 개통된 제2영동고속도로를 타서 덜 막히는데도, 운전하는 사람 입장에서는 지루한 운전

길이다. 점심을 먹겠다고 출발했지만, 도착하면 1시가 넘을 것 같다. 아무 것도 먹지 않고 세수만 하고 출발하였더니 슬슬 허기가 진다. 그리고 한우를 먹을 생각을 하니 배가 고파져 손발까지 떨린다.

횡성IC까지 도착을 해서 마을길까지 들어섰지만 한우축제 안내 간판이 잘 보이지 않았다. 주민에게 길을 물어보려고 잠시 정차했다.

"실례합니다. 섬강 둔치 한우축제 이리로 가면 되는 건가요?"
"이리로 쭉 가시면 강 전체가 한우축제니까 금방 찾습니다."

차에 타기 전에 고풍 있어 보이는 빵집이 눈에 띄었다. 군산에 갔을 때 위상당 빵집이 휴일이라서 간판만 보고 왔는데, 이 집도 유명한 빵집 같다. 배도 고프고 해서, 빵 몇 개를 급히 사서 차에 올랐다. 가족들 모두 배가 고팠던지, 허겁지겁 빵 하나씩을 먹는다. 허기를 달래고 빵 부스러기를 정리하다 보니 어느새 섬강 둔치에 도착했다.

온 사방에서 고기 굽는 냄새가 진동을 한다. 이미 포장된 한우 팩을 자유롭게 구매하여 중앙 대형 천막으로 들어가 상차림비를 지불하고 구워 먹으면 되는 것이었다. 오늘은 가족들이 한우를 배부르게 먹도록 눈치를 주지 않으려 한다. 서울에서 먹는 것의 반값 수준 같은데, 이럴 때라도 실컷 먹고 즐길 수 있도록 해 주고 싶다.
등심, 안심, 새우살 총 3팩을 사서 구석으로 자리를 잡으니 바로 숯불이 들어와서 등심부터 굽기 시작했다. 소고기라서 적당히 익히고 아이들에게 먼저 먹으라며 건네주었다.

"이건 소고기라서 바짝 익히면 맛없으니 얼른 먹어 봐."

"아빠, 이건 피고기야? 막 피가 보이는 것 같은데?"
"이건 피가 약간 보일 때 먹어야 맛있으니까 빨리 먹어 봐."
"우와 맛있어. 피고기가 맛있는 것이구나."

삼겹살만 먹어서 덜 익혀 먹는 게 익숙하지 않을 텐데, 맛이 있는지 개의치 않고 잘 먹는다. 새우살을 먹자 아이들 눈에서 빛이 난다.

"우와, 이건 씹지도 않았는데 입에서 녹는다. 엄청 맛있어."
"맛있지. 이건 모양이 새우 같이 생겼다고 해서 새우살이야."
"아까 보니까 이렇게 꾸부러져 있던데."
"새우살 맛있어? 그래도 아직은 돼지껍데기가 더 맛있을까?"
"아니, 피고기가 훨씬 맛있는데, 앞으로 집에서도 이거 먹자."
"어? 어 그래. 앞으로 이걸로 자주 먹자."

사실 한우를 자주 먹기는 쉽지 않을 것 같다. 어차피 아이들이 구별 못 할 테니 호주산이나 미국산 사 주면 될 것 같다.

후식 냉면까지 먹은 후에 산책을 했다. 준비를 많이 했는지 월미도에 있는 '디스코 팡팡'까지 설치해 두었다. 디제이도 수준급으로 초빙을 해서 보기만 해도 재밌다. 오늘은 정말 뿌듯한 날이었다. 몇 년 만에 제대로 아빠 노릇을 한 기분이다.
8살이 될 때까지 한우도 한 번 제대로 못 사 줬는데, 이제라도 먹었으니 다행이다. 잘 먹고 산보하고 놀이기구 몇 개를 타니 어느새 오후 5시다. 차가 막힐 것 같아서 바로 서울로 돌아가기로 했다.
지금 시간에도 서울로 돌아가는 차들이 꽤 많다. 잘 먹어서인지 아이들은 뒷자리에서 깊이 잠들었다. 한우를 사 준 것이 자랑스러웠던 것일까? 한껏 들떠서 생색내기식 질문을 아내에게 해 버렸다. 괜한 질문이었다. 점잖게 가만히 있었어야 하는 것을….

"오늘 잘 온 것 같지? 잘 놀고 정말 잘 먹은 것 같다."
"잘 먹긴 했는데 오늘까지도 꼭 그렇게 해야 되는 거야?"
"응! 무슨 말이야 그게?"
"미리 빵 먹여서 고기 많이 못 먹게 하려는 게 좀 서운했어."
"뭐라고? 고기 많이 못 먹게 하려 빵 먹였다는 것이 말이 돼? 아까 빵집이 전통 있어 보이고, 위상당 빵집같은 느낌이 들어서 샀던 거야."
"뭐가 전통이 있어 보여. 그냥 시골 동네 빵집 같았는데, 고기 많이 먹으면 돈 많이 들 것 같으니 미리 빵 먹인 건 아니고?"
"진짜 너무하다. 당신. 매번 그렇게 내 마음을 오해하냐."
"뭐 한두 번 그랬어야지. 돈 아끼려고 매번 외식만 나오면 구두쇠처럼 그러니까. 한우 먹으러 와서 바로 직전에 빵을 먹이는 게 이상한 거 아닌가?"
"어후, 진짜 아니라고. 나는 군산 위상당 빵집처럼 유명한 곳이라고 생각해서 샀던 거야. 마침 배도 너무 고팠었고."
"몰라, 아니라고 하니 아니겠지만, 나는 좀 서운했어."

기분 좋았던 하루가 아내의 말 한마디에 모두 물거품이 되었다. 나는 그저 돈을 쓰는 것에 인색한 구두쇠 아빠였을 뿐이고, 한우 먹기 전에 빵을 먼저 먹여서 돈을 아끼려는 아빠일 뿐이었다.
지난번 스파게티집 사건보다 더 충격적이다.
기껏 돈 쓰고, 장거리 운전까지 다 해 주고 이런 취급을 받다니….

아니다.

결국 내 마음이 중요한 것이 아니고 그걸 받아들이는 사람이 저렇게 느꼈다면 그것이 더 진실에 가까울 수 있다. 이렇게 노력해도 믿지 못한다면 그건 결국 내가 돈이 없기 때문이다.

없는 돈에 무엇을 한들 마음의 여유가 없으니 그렇게 보이는 거다.

그렇지만 내가 돈을 더 벌 수 있는 방법이 무엇이 더 있는가?

아무리 대기업이라도 본사 스태프만 10년째 하다 보니 딱히 돈을 모아 본 적이 없다. 월급으로는 늘 모자라서 보험계약대출을 받고 있다.

그래!

결국 영업을 나가야 한다. 지금은 만나은행으로 이직한 형우라는 동기가 몇 년 전 나에게 연봉 자랑을 했던 기억이 문득 떠오른다. 내 연봉이 7천만 원을 조금 넘었을 때, 그 친구는 1억 원을 넘게 찍었다. 영업을 워낙 잘 하다 보니, 상하반기 평가에서 SS와 SA를 받았고, 거기에 영업 인센티브까지 더해지니 동기임에도 불구 나와 급여가 2, 3천만 원 차이가 났다. 법인카드로 유류비, 통신비, 식대까지 대부분 해결이 되니, 실수령액 차이는 어마어마했을 것이다.

그래, 더 이상 스태프로 일하면서 궁상맞게 살지 말자. 돈을 벌려면 영업으로 나가는 것 외에는 답이 없다. 한우 한 번 먹으려다 내 인생이 바뀌는 결정을 하게 되었다. 밤새 뒤척이며 부장님께 뭐라고 말씀드려야 할지 고민했다.

2017년 10월 23일 (월)

한우 먹다 영업으로

"부장님, 저 잠시 면담 좀 부탁드립니다."
"갑자기 면담하면 보통 그만두는 건데. 어디 다른 회사 가나?"
"아니요. 저는 뼛속까지 일진맨인데 가기는 어디를 갑니까?"
"그래? 그럼 담배나 한 대 피우러 나가자."

부장님은 연초를 태우시고 나는 전자 담배를 태운다. 확실히 어려운 이야기를 꺼낼 때는 연초가 멋지긴 하다. 불을 붙이고 길게 연기를 내뿜을 때는 레트로 감성마저 느껴진다.
그런데 본의 아니게 나도 연초를 태우게 되었다.

"앗, 부장님 저 담배 한 대만 주실 수 있을까요?"
"연초 피우려고? 진짜 어려운 말 하려고 하나 보네?"
"아니요, 전자 담배를 충전 안 했나 봐요. 배터리가 닳아서…."
"아! 그래 전자 담배는 그게 불편한 것 같더라."
"죄송합니다. 부장님께 담배나 달라고 하고, 부하 직원이."
"뭔 소리야. 직장 동료이지, 부하 직원이라는 표현은 안 써."

심각하게 면담하자고 부장님을 모시고 나와서 기껏 한다는 소리가 전자 담배 충전 안 되었으니 담배나 한 대 달라는 거라니. 스스로도 참 당황스러웠다. 담배를 입에 물었지만, 사실 불도 없다.
부장님도 참 센스가 없다. 알아서 불까지 주시면 좋을 것을….

"부장님! 저 불도 좀."
"아 맞다, 여기."
"다시 한번 죄송합니다. 제가 이게 충전이 가끔씩 안 되어서."
"아니야, 뭐 담배 하나 갖고, 그나저나 무슨 고민인데?"

고개는 돌렸지만 담배 연기를 길게 뿜으며 분위기를 잡았다.

"다름이 아니고 12월 인사에서 영업으로 갈 수 있을까요?"
"영업? 갑자기 왜? 스태프로서 일도 잘하고 있는데?"
"제가 사실 차장 승격도 걱정이 조금씩 될 시기이고, 스태프를 해서는 평가가 아무래도 한계가 있다 보니까요."
"흠. 지금 신 과장이 빠지면 대체할 사람이 마땅치 않은데, 허허, 이거 담배 피우다가 갑자기 대답하기는 좀 어려운 질문이네."
"부장님, 솔직하게 말씀드리면, 먹고살기가 좀 어렵습니다."
"뭐? 먹고살기가 어렵다고?"
"네, 요즘 젊은 여성들 대부분 별수타그램 하잖아요. 맛집 사진 보고 여기 가자, 리조트 사진 보고 저기 가자. 이런 거 몇 번 따라 하다 보니 직장인 월급으로는 도저히 버티질 못하겠습니다. 영업에 나가서 승부를 좀 봐야 하는 상황이에요."
"그래, 영업 나가면 아무래도 급여는 좀 많이 받긴 하지. 유류대와 통신비 지원만 해도 꽤 도움이 된다고 하더라. 아무튼 먹고살기 힘들다고 이야기를 하니 신경 좀 써 볼게."

1부 유년기

2017년 11월 24일 (금)

바쁘지만 행복했던 대세 상승장

  B2B영업은 12월도 바쁘지만, 실제로는 11월에 모든 총력을 기울인다. 실무량은 12월이 가장 많긴 해도, 모든 영업적 의사 결정은 대부분 11월부터 결정이 되기 때문이다.
  각 기업의 재무팀/인사팀/총무팀에 몇 번이고 방문해서 일진화재의 차별성을 강조하며 패키지 보험을 받아 오려 노력하지만 회사별로 보험료 차이도 크고, 특히 인수 한도가 매년 바뀌다 보니 중소형 손보사가 출혈 경쟁을 해 버리면 하루아침에도 계약이 넘어간다.

  게다가 안정적으로 갱신할 것이라 생각되던 계약들도 연말 다 와서 큰 사고가 한 번 터져 버리면 손해율이 커질 것이고, 그러면 갑자기 심사기준을 통과 못하여 포기하는 경우도 있다. 사고 났을 때를 대비하여 보험을 가입시키지만, 막상 사고가 나면 보험료를 올려야 하는데, 그 빈틈을 경쟁사가 비집고 들어온다.

  사정은 다 알고 있지만, 들어주기 시작하면 한도 끝도 없다. 나는 입금 여부를 확인하여 부장님과 임원께 보고할 뿐이다.

  "여보세요. 차장님! 저 기업금융지원팀 신용대 과장입니다."
  "그래, 신 과장, 무슨 일이야?"
  "네, 그 패키지 보험 80억 원 들어오기로 예상 자원표에 있던데요. 큰 문제는 없나 해서 전화 드려 봤어요."
  "큰 문제? 큰 문제만이 아니라, 작은 문제도 있고, 문제 많지."

"이거 안 들어오면 5사업부 마감 100% 못 하실 것 같은데요."
"아? 괜찮아. 내 것 말고도 안 들어갈 것 많을 거야."
"무슨 말씀이세요? 이 단체는 꼭 들어와야 하는 상황이에요."
"전년 대비 가격을 이렇게 올렸는데, 우리랑 계약할까?"
"그런데 왜 자원표에 넣으셨나요? 이거 틀어지면 큰일 나는데."
"신 과장. 목표가 목표 같아야 열심히 할 마음이 생기지. 말도 안 되는 목표 주고 왜 못하냐고 하면 우리도 방법이 없어."
"사업부장 합의 받은 목표를 지금 와서 이러시면 곤란하죠."
"그 합의한 사람들 지금 어디 있는데? 그때 목표 합의한 분들 중에 남아 계신 분 있나? 한 분은 기획실로 승진하고, 다른 분은 집에 가고, 장기보험으로 발령 나고, 그분들 다 본인 발령 날 것 알고 있으니 합의 했지. 솔직히 말도 안 되는 목표라고. 노력이야 해 보겠지만 쉽지 않다고 알고 있어."
"이거 사실이시면 부장님, 상무님께 즉시 보고드려야 합니다."
"왜 안 들어오느냐고 쪼지만 말고, 들어올 수 있도록 유관부서 협의나 지원해 주는 것이 맞지 않아? 본사에 앉아만 있으니 영업이 쉬워 보이지? 고객사 가 봐. 이 정도 하고 있는 것도 기적이야."

하루 종일 영업담당자와 이런 식으로 몇 번 전화하면 온몸의 진이 빠진다. 나만 그런 것도 아니고 각 사업부 담당자 모두가 힘들어한다.

그러나 다행히도 17년 11월은 투자자에게 꿈같은 대세 상승장이었다. 코스피 지수는 계속 상승 중이고, 비트코인은 폭등 수준이다. 송 대리가 투자했던 셀푸리온은 코스피 이전을 자축이라도 하듯이 몸집을 불려 나갔고 대장주가 2배 가까이 오르자 코스닥 지수도 역시 계속 상승했다. 그러나 셀푸리온은 눈에 들어오지도 않았다.

가끔 철준 씨가 비트코인 앱을 켜서 보여 주는 비트코인은 말이 나오지 않을 수준이었다. 처음 들었을 때는 장난 같던 물건이었는데, 그 코인이란 것이 오늘 1,300만 원을 찍으며 3~4배 상승을 해 버렸다. 최근에는 대기업 IT 계열사에서도 '이더리움' 기반의 코인을 활용하여 블록체인 사업에 뛰어든다는 뉴스도 보이기 시작한다.

나도 추석 연휴 이후 데박시스터즈를 다시 매수해 두었다.

연휴에 개인들이 돈이 필요해서 주식을 팔았을 뿐, 이 회사 가치가 떨어진 것이 아니었는데, 내가 너무 성급하게 매도한 것 같아 계속 후회를 했고, 아니나 다를까 내가 매도한 이후 주가는 계속 상승했다.

조금 올라간 가격에 다시 사는 것은 아까웠지만, 수년간 출퇴근길을 함께했던 그 게임을 다시 믿어 보기로 했다. 다만 후배 두 명의 수익률과 비교하면 상대적 박탈감이 느껴지는 것은 어쩔 수 없다.

2017년 12월 1일 (금)

인사발령 ver 1

"신 과장! 바쁜가? 담배나 한 대 피우러 갈까?"
"네, 부장님."

사내 방송이 끝나면 담배 피러 가는 직원들과 커피를 사러 가는 직원들이 엘리베이터 앞에서 줄을 서서 기다린다. 복장을 보면 대충 직급 구분이 가능하다. 부장급 정도면 상의에 코트까지 모두 챙겨 입고 담배를 피러 가고, 과차장급은 재킷 정도만 입고 나간다.

그러나 사원급은 담배 피러 나간다는 것을 들키기가 싫어서인지, 그냥 화장실 잠시 가는 척 재킷도 제대로 못 입고 와이셔츠 바람으로 담배 공원으로 향하는 것을 자주 본다. 나 역시도 수년 전까지는 와이셔츠만 입고 벌벌 떨며 담배를 폈던 기억이 난다. 이제는 재킷이라도 걸치고 나가고 있으니 나도 회사에 꽤 오래 다닌 것 같다.

"오늘은 충전되었어? 연초 안 필요해?"
"아, 오늘은 충전되었습니다."
"신 과장, 지난번에 말했던 거 있지."
"네? 제가 부장님께 어떤 말씀을…?"
"그거, 인사 발령. 영업 나가고 싶다며?"
그랬었다. 내가 면담까지 해가며 영업 발령을 요청 드리고서는 지난달에 너무 바빠서 기억도 못하고 있었던 것이다.
"오늘 인사 날 거야. 오후 5시에 뜬다고 하니까 알고 있으라고."

"정말입니까? 하~ 감사드린다고 해야 하는데, 너무 갑작스러워서."
"입사하고 영업 한 번도 안 해 봤지? 10년 차 된 것 같던데."
"네, 영업은 해 본 적이 없습니다. 계속 스태프만 했습니다."
"보험회사의 꽃은 영업이야. 그래야 나중에 퇴사해도 할 것이 많지. 난 영업을 안 해 봐서 브로커나 GA대리점도 못 가서 큰일이다."
"부장님, 신경 써 주셔서 진심으로 감사드립니다."
"신 과장 빠지면 우리 부서 힘들어. 팀장님도 반대하셨고. 그래도 애써서 보내주는 거니까 영업대상도 받고, 잘하라고."
"우수사원 건도 그렇고 매번 감사드린다는 말씀만 드리네요."
"됐어. 부서원 잘 되는 거 보는 게 부장의 기쁨이고 보람이니까."
"부장님, 다시 한번 감사드립니다. 고맙습니다."

갑작스러운 영업발령 통보였다. 좋기도 하지만 걱정도 앞선다.

'제대로 된 양복이나 구두도 없는데, 이거 다 새로 사야 하는 건가?'
'차는 애랑떼도 괜찮겠지? 영업은 더 큰 차를 타야 하나?'
또 돈이 들어갈 일이 생겼다. 그래도 기쁜 일이다.

- 인사 공지 -
신용대 과장 기업금융지원팀 영업지원P → 대기업영업 3부

오후 4시 인사발령이 떴다. 부임일은 다음 주 월요일이다.
다만 인수인계를 위하여 일주일 더 근무하기로 했다.

2017년 12월 8일 (금)

영업 입성 D-1

  기업금융지원팀에서 근무하는 마지막 날이다. 이번 달이 얼마나 더 바빠질지 알기에 후배들에게도 미안한 마음도 있지만 후배가 문제가 아니다. 가족들에게 스파게티도 사 줘야 하고, 가끔은 한우도 사 줘야 한다. 영업에서 승부를 볼 것이다.
  12월은 워낙 바쁜 달이라 별도로 송별회 같은 절차는 생략하기로 했다. 다만 업무시간에 잠시 짬을 내서 가볍게 인사를 하기로 했다.

"철준 씨, 담배 안 피는 건 알지만 담배나 한 대 하러 가자."
"네, 과장님. 안 그래도 오늘이 마지막 날이시죠?"
"발령 나신 거 봤는데도 대화조차 못 했네요. 진짜 바쁘셨죠?"
"인수인계를 일주일 안에 해야 하니 받는 사람이 바빴겠지."
"발령 나실 거였으면 미리 말씀이나 해 주시지. 놀랐잖아요."
"아니야. 나도 그날 아침에 들었어. 내가 더 놀랐을걸?"
"그게 요즘 트렌드라고 하더라고요. 점심 먹고 양치하고 왔더니 발령 난다고 이야기해 주는 분도 계시대요."
"점심 먹고?"
"식사 전에 말해 주면 혹시 체할까 봐 그런다나 봐요."
"하하. 핑계 좋네. 지방이라도 갑자기 발령 난다면 말은 되네."
"아무튼 영업 나가시면 꼭 성공하세요. 인센티브도 많이 받으셔서 저희 맛있는 것도 많이 사 주세요."
"그래, 철준 씨도 코인 투자 계속 잘하시고, 오늘은 어때?"
"말도 마세요. 어제 대박! 과장님은 코인 시세 못 보시죠? 어제

2,500만 원 찍었어요."

"지난번 부장님과 식사할 때 250만 원에서 10배가 뛴 거야?"

"네, 딱 10배 뛰었어요. 전 며칠 전에 은행가서 지난번에 말씀드렸던 적금 5천만 원 해약해서 올인했습니다."

"적금까지?"

"이거 최소 8천만 원 갈 거래요. 해외에서는 3억 원 간다는 사람도 있어요. 일단 저는 2배 되면 팔 거예요. 뭘 할지는 그때 고민하고요."

"아니, 코인이란 것이 그냥 만들면 되는 것인데 왜 비싸지?"

"과장님 코알못이시구나. 비트코인은 무한정 못 나와요. 이건 전체 채굴량이 이미 정해져 있는 한정 자원이거든요. 그래서 디지털 금이라고 부르기도 해요. 총량이 한정되어 있다고."

"디지털 금? 안 그래도 어제 TV에서 비트코인 토론회 방송했지? 난 서민 의원이 나와서 비트코인은 절대로 손대지 말라고 하던데. 그냥 인간의 어리석음을 이용해서 돈을 빼앗는 것이라고 하면서."

"그러니까요. 며칠 전에 5천만 원 넣었더니 그런 이상한 이야기를 TV에 나와서 했다니까요. 어제 상승한 거 오늘 다 빠지고 있어요. 그분은 정치인이 뭘 안다고 그런 이야기를 TV 나와서 말하는 건지. 블록체인이라는 것은 디지털 혁명이거든요. 일개 정치인이 짧은 지식으로 그렇게 단정적으로 말하는 것도 저는 정말 이해가 되지 않아요. 이건 과학이지 정치가 아니거든요."

"5천만 원 밀어 넣고 안 불안해? 듣는 내가 다 떨린다."

"코인은 떨어질 수는 있지만 언젠가는 다시 더 오른대요."

"그런데 코인 시세는 어떻게 보는 거야?"

"코인 앱 설치하면 됩니다. 이제는 상식이니까 영업 나가셔도 알고 계시면 대화거리 많아지고 도움이 되실 것 같아요."

"이런, 철준 씨 춥겠다. 괜히 따라 나와서 미안하네."

"이건 허상이 아니라 신기술이라서 공부할 가치가 있는 것 같아요. 알트코인도 있고 다양해요. 정말 많은 공부가 필요하겠더라고요."

비트코인 이야기를 하다 보니 듣는 나도, 설명해 주던 철준 씨도 너무 몰입을 해 버려 추운 것도 잊고 한참을 이야기하게 되었다.
작별 인사로 멋있는 말이라도 한마디 해 주려고 불렀는데, 뜬금없는 코인 강의로 인사를 갈음한 기분이다.

안 그래도 며칠 전에 가상통화 주무부처가 금융위에서 법무부로 변경되었다. 그리고 법무부가 가상통화 거래소를 통째로 폐쇄하는 의견까지 내며 가상통화의 규제를 점점 엄격하게 강화하고 있었다. 이런 규제 강화로 요즘에 코인 가격은 하루하루 등락폭이 매우 크다.

그런데 난서민 의원이 TV까지 나와서 반대하는 것이라면 그 말을 더 믿어야 하는 게 아닐까? 적금까지 해약해서 투자했다고 하니 과연 누구의 말이 옳은 것일까? 역사가 증명해 주겠지.

사무실에 들어오니 송 대리가 점심 약속 있느냐고 묻는다.

"어, 그래. 같이하자. 지난번 남도생태 명가 갈까? 고니 먹으러?"
"메뉴는 제가 정할게요. 생태나 고니는 말도 꺼내지 말아 주세요. 철준 씨도 약속 없으면 같이 가자. 베트남 쌀국수집 갈 거야."
"거기는 점심때는 예약 안 받으니 조금 일찍 나가요."

조금 일찍 단체로 식사를 가면 옆 부서 부장이 우리 부장에게 꼭 한마디를 한다. 들키지 않기 위해 한 명씩 전화 받는 척 몰래 나왔고, 일찍 나온 덕에 오래 기다리지 않고 바로 자리에 앉을 수 있었다.

"과장님! 오늘은 제가 송별회 겸 제가 식사 살게요."
"에이. 마음은 고마운데, 후배한테 어떻게 사 달라고 해."
"과장님! 저 그냥 후배 아닙니다. 저 셀푸리온 주주라고요."
"아 맞다. 2배 올랐더라. 와, 그거 아직까지 버티고 있었어?"
"저는 이거 30만 원 가도 팔지 말지 고민 중이에요."
"30만 원? 그럼 3배 먹는 거야? 완전 여장부였네."
"철준 씨만 하겠어요. 5백만 원 넣었다는데 지금 8배 올랐으니까 4천만 원인가? 밥은 철준 씨가 사야 하는 건데 말이죠."
"어, 5백만 원 아닌데, 더 넣지 않았나?"
"과장님. 저 5백만 원 밖에 안 넣었어요."
"아니 아까 담배 필 때,"
"그건 제 친구 이야기고. 저는 5백만 원만 투자했어요."

철준 씨가 강하게 부정을 해서 더 이상 따지지는 않았다.
꽤 당황한 표정이라 내가 실수라도 한 것은 아닌지 걱정이다.
철준 씨가 알아서 말을 돌린다.
"과장님께서 신계약하실 때 심사 요청 건은 판단 요율로 제가 다 풀어 드릴게요. 걱정 마세요."
"그래? 고맙네. 나 술이 많이 약한데 영업은 술 많이 마시지?"
"요즘 술 별로 많이 안 한대요. 밥 먹을 돈도 별로 없나 봐요. 활동비 계속 줄이고 있어서 요즘엔 고객사랑 식사도 힘들다고 하던데."

계속되는 경비 절감 정책으로 회사 전체가 돈줄이 막혔다. 스태프만 그런 줄 알았는데 영업도 자금 사정이 비슷한 것 같다.

이런 저런 많은 이야기들을 나눴지만, 내 머릿속엔 두 후배들의 계좌가 부럽다는 생각만 가득하다. 비트코인이라는 이상한 투자를 했다고 생각했던 철준 씨는 8배 수익, 일만 할 것 같던 보라 대리는 2배 수익, 나는 고작 20% 수익.

내가 수익 중이라도 나보다 더 수익 낸 사람이 있으면 만족 못하는 것이 투자의 세계인 것 같다. 쌀국수가 잘 안 맞는 것인지 갑자기 배가 슬슬 아프다. 후배들 수익률 때문에 아픈 것은 아닐 것이다.

그런데 철준 씨는 아침엔 5천만 원 투자했다더니, 여기서는 감추고 싶었나 보다. 저리 급히 5백만 원이라고 주장하는 것을 보니….

식사는 끝났고, 우리 둘은 자연스럽게 흡연장으로 향했다.

"휴~ 과장님! 저 적금 깨서 5천만 원 넣은 건 절대 비밀이에요."
"그렇지? 그런 눈치 같아서 말하다 말았어."
"코인에 5천만 원 넣었다면 정상으로 볼 사람이 몇이나 되겠어요?"
"그건 그래. 나도 아직까지는 철준 씨가 정상적으로는 안 보이거든."

2017년 12월 11일 (월)

위풍당당 영업 입성

"집중해 주세요. 지원팀에서 우리 부서 많이 도움 주셨고 많이 쪼아 주시기도 했던 신용대 과장이 대기업 영업 3부에서 함께 영업을 시작하게 되었습니다. 박수로 환영해 주시죠."
"과장님, 반갑습니다. 잘 부탁드립니다."
"신 과장, 잘 왔어. 전화로 했던 것처럼 그냥 고객사 가서 돈 달라면 척척 입금해 줄 테니, 내년에 우리 영업부는 신 과장만 믿을 거야."
"임이배 차장, 이번 주는 신 과장하고 동행 좀 해 줘. 똑똑한 친구라서 동행이나 잘 해 주면 알아서 금방 배울 것 같아."

다들 반갑게 맞이하여 줬지만, 내심 대화 속에 가시가 있다.
그렇게 쪼아 대더니, '네가 한 번 직접 해 봐라' 이런 의미일 것이다.
연말이라 인사조차 짧게 끝냈다. 다들 영혼이 털린 듯한 얼굴들이다.
그날 오후 임 차장과 바로 고객사에 동행 방문을 가기로 하였다. 예전 양복을 입었더니 바지가 좀 낀다. 찢어지기라도 하면 큰일인데….
점심을 일찍 먹고 안양의 고객사로 출발했다. 이런 저런 이야기하다 보니 금방 도착했고, 주차장에서 고객사 담당자에게 전화를 건다.

"차장님 안녕하세요. 일진화재 임이배 차장입니다. 근처에 왔다가 잠시 와 봤어요. 혹시 차 한잔하실 시간 되세요? 아 지금은 좀 바쁘시군요? 30분 후에는 가능하시구요?"

30분 후에 만나기로 하고 전화를 끊었다.

"어 차장님! 저분하고 미팅 약속하고 오신 거 아닌가요?"
"아 두세 번 전화는 했는데, 그때마다 오지 말라고 하더라."
"왜요?"
"작년에 사업부장이 패키지보험 한도 100억 원을 단독으로 풀어 준다고 약속하고 심사부서 설득을 못 해서 마지막 날에 안 된다고 거절했거든"
"지금은 퇴직하신 그 사업부장님이요?"
"그래. 심사의견 듣지도 않고 인수한도 다 풀어 준다고 큰소리 쳤는데, 그때 이후로 일진화재는 신뢰가 없는 기업으로 취급하는 그런 느낌?"
"신뢰를 잃으니 방문해서 만나는 것도 힘들어지는군요."

일단 이 돌파력은 배워야 할 것 같다. 안 만나 줘도 만나는 법. 그럼 만나서는 어떻게 설득을 할 것인지 궁금하다. 잘 배워 두자.
드디어 담당자에게 다시 전화가 왔다. 30분 기다리라던 사람이 1시간이나 지나서 전화가 왔다. 그래도 좋다고 웃는다. 영업은 힘들다.

"안녕하세요. 죄송합니다. 저희 회의가 좀 길어졌네요."
"아닙니다. 저도 마침 은행에 갔는데, 연말이라 사람 많더라고요."
"그럼 다행이네요. 그런데 어쩐 일로 이리 갑자기 오셨어요."
"그냥 근처 업체 왔다가 형님 생각나서 들렀어요. 마침 새로운 담당도 와서 형님에게 제일 먼저 소개도 해드리려고요."
"에이 제가 뭘 잘 해드려요. 전화하실 때마다 저도 죄송하죠."
"아닙니다. 저희가 부족하죠. 근데 전무님은 내년에 혹시?"
"아, 내년에는 현재 본부장에서 총괄 부문장 되실 것 같아요."
"축하할 일이네요. 그런데 일진화재 여전히 싫어하시나요?"

"아, 싫어하시는 건 아닙니다. 오해는 마세요."
"믿을 건 형님밖에 없어요. 12월에 한 번만 도와주세요."
"아니 제가 도와드릴 수 있는 것도 한계가 좀 있어서."
"진짜 저 형님만 믿습니다. 품의만이라도 좀 올려주세요."
"그럼, 박상현 부장님께서 저희 부장님께 전화 한 번만 해 주세요. 전무님에게 가려면 저희도 부장님부터 거쳐야 올라가니까요."
"그래도 이렇게 생각해 주시니 진심으로 감사드려요."
"아닙니다. 제가 늘 죄송하죠. 많이 도와 드리지도 못하고"
"저희 가 볼게요. 괜히 잠시 왔다가 부담만 드리고 가네요."
"조심해서 들어가세요. 아! 이번에는 꼭 인수한도 먼저 풀어 보시고 결과를 알려 주세요. 작년에 막판에 인수거절돼서 저희 힘들었어요."

멋진 양복을 입고, 고객사와 비즈니스와 금융에 관한 대화가 오갈 것이라고 생각했으나, 현실은 많이 달랐다.

"차장님! 보험 이야기는 별로 안 하네요? 친해서 그런가요?"
"고객사 만나면 사람 사는 이야기와 식사, 골프 이야기가 대부분이야. 보험이야 뭐 인수한도와 보험료 이 두 가지인데, 문자만 보내도 돼."
"그럼 왜 구태여 찾아가는 것인가요?"
"인간적으로 먼저 친해지지 않으면 보험료 차이 극복하기 어려워. 좀 친해져야 보험료 외에 다른 평가기준도 넣고 그러지."
"저희 일진화재 강점이나 안정성 강조하고, 서비스나 업무지원 능력 이런 거 충분히 소개할 내용 많을 것 같은데요."
"네가 그러니까 스태프인 거야. 보험료와 인수한도가 제일 중요해. 어차피 사고 발생했을 때 보험금만 주면 되는 거니까."
"고객사와 인간적으로도 친해질 수도 있나요? 비즈니스 말고?"

"우리는 주로 인사총무팀과 재무팀을 만나지. 다 엘리트 인력을 만나는 것이라서 영업이나 회사 그만두고도 계속 연락할 정도로 좋은 분들이 많아. 이왕 나온 거 을지로에 한 군데 더 방문했다 복귀하자."

좀 허무했다. 고객을 설득하며 영업하고 그러는 줄 알았는데, 고객도 알 것은 다 아니 인간적으로 친해지는 게 우선이라 한다. 그런데 추운 날이라 의자에 히터를 가동시켰더니 잠이 슬슬 오기 시작한다. 임 차장님 눈도 반쯤 풀려 있어 말동무를 해드려야 깰 것 같았다.

"차장님! 소문에는 주식 고수시라고 하던데요?"
"주식에 고수가 어디 있나? 생존자와 부상자만 있는 거지."

대답부터 멋있다. 생존자와 부상자라는 표현이 와닿는다.

"아 그럼 차장님과 저는 아직 생존자네요?"
"주식시장은 하루아침에도 삶과 죽음이 바뀔 수 있어. 늘 긴장의 연속이고, 그래서 우량주에 장기투자라는 말이 나온 거야."

직원들 사이에서 주식 고수라고 소문난 사람이라 답변도 고급지다. 그래, 이분에게 살아남는 법을 배워 보자.

"차장님은 어떻게 하셨길래 고수라고 소문나신 것인가요?"
"단순해. 좋은 회사를 찾아서 쌀 때 매수해. 그리고 2배 될 때까지 기다렸다가 2배 되면 팔아. 그리고 또 좋은 회사를 찾지."
"네? 사 놓고 2배 될 때까지 기다렸다가 2배 되면 팔아요?"
"쉽지? 난 그렇게 10년을 투자해 왔어. 매매도 몇 번 안 해."

"2배가 안 되면 어떻게 하나요?"

"2배가 안 되는 경우가 거의 없어. 될 때까지 기다리니까."

"하~ 정말 단순하네요?"

"대신 PER, PBR 낮은 주식 중에서 차트를 보고 횡보를 거친 후에 최근에 거래량이 증가하는 종목을 고르지. 이 방법으로 투자해서 몇 년씩 갖고 있으니 다른 사람들이 볼 때는 언제나 수익 중인 것처럼 보이지. 사실은 한 종목 갖고 있는 거야."

"사 놓고 2년이요? 전 못 하겠네요. 그걸 어떻게 버텨요?"

"난 5년도 기다릴 수 있어. 잘 생각해 봐. 매년 20%씩 5년 연속 수익이 나는 종목을 찾기는 어렵지만, 5년 후에 100% 수익 나는 종목은 찾기가 쉽거든. 직장인들이 주식창을 계속 보고 있을 수도 없으니 장기적으로 2배 갈 수 있는 종목을 매수해 놓고 기다리는 것이 현실적인 직장인 매매 방법일 수 있어."

"형님! 이거 잠이 확 깨는데요. 뭔가 진리를 찾은 것 같아서."

"신 과장은 지금 어떤 종목 갖고 있는데?"

"저요? 저는 데박시스터즈라는 게임주요."

"처음 들어 보는데? 매출이랑 영업이익이 어떻게 돼?"

"보라 대리와 비슷한 질문하시네요. 저는 그런 거 안 보는데요."

"뭐라고? 재무제표도 보지 않고 투자한다고?"

"저는 정치외교학과 나와서 재무제표 봐도 잘 몰라요."

"신 과장. 갑자기 잠이 확 깬다. 주식투자 몇 년 했어?"

"저는 몇 달 안 되었어요. 그런데 3번 다 이익 보고 잘 팔았어요. 그리고 지금 산 것도 꽤 올랐는데요?"

"주식 명언 중에 '99승 1패라도 모든 것을 잃을 수 있다.'라는 말이 있어. 업체 방문이 문제가 아니다. 이 사람 큰일 날 사람이네."

방금 전까지 졸린 눈으로 운전하던 사람 눈빛이 좀 달라졌다.
'내가 무슨 그리 큰 잘못을 했다고. 재무제표 보고 투자해서 성공하면 세무사, 회계사는 다 주식으로 돈 벌었겠지.'

을지로에 도착할 때까지 잔소리는 계속되었다. PER이 어떻고, PBR이 어떻고, 차트는 어떻고 등등, 고수라고 인정은 했지만, 계속 들으니 조금 짜증이 나기 시작한다. 을지로에 도착하니 오후 3시가 좀 넘었다. 이곳에서도 주차장에서 전화를 했지만, 바쁘다고 미팅은 못했다. 기왕 왔으니 1층에서 차나 한잔하고 주차권을 받기로 했다.

"신 과장, 나 아까 사고 날 뻔했어. 너무 놀라서."
"왜요? 아까 막 졸려 하시더니 졸음운전 하셨나요?"
"아니, 재무제표도 안 보고 주식 산다고 해서"
"아! 그런데 저 재무제표 안 보고도 3번 모두 수익 냈어요."

"주식 하루 이틀 할 거 아니지? 그러면 지금부터 내 말을 잘 들어. 투자의 기본은 지켜야 하는 거야. 인터넷 켜 봐. 초보 투자자들이 재무제표가 어렵다고 생각해서 감으로만 투자하는 사람이 은근 많아. 신 과장만의 잘못은 아니야. 그냥 인터넷 증권정보에 접속해서 재무 항목을 클릭해 보라고. 여기 매출/ 영업이익/ 당기순이익/ 부채비율/ 유보율. 이렇게 5개 정도만 보면 회사가 어떤 수준인지 알 수 있어. 이 기업은 작년에 적자구나. 적자기업은 가급적 매수 안 하는 것이 좋긴 하지만 그래도 아직 5년 연속 적자 되려면 시간이 좀 있으니 패스하고. 그래도 좋은 재료가 있으니 신 과장이 매수했겠지?"

"저는 그냥 오래 갖고 있을 생각 없고 조금 오르면 팔 건데요? 그리고 이 회사 게임 재밌어요. 웬만한 사람들 다 하고 있고, 올해 말부터 내년까지 계속 신작 게임 나올 예정인데요."

"신 과장, 신작 게임 단순히 일정만 발표한 것이지? 뭐 구체적으로 실제 게임 하는 거 인게임 영상 같이 발표되었나?"

"아니요. 그냥 PPT 화면만."

"게임 회사의 신작 출시 일정은 게임이 나와야 나오는 것이지. 회사 발표는 그냥 목표 일정이라고 생각하는 것이 좋아."

"그래도 사업 발표회에서 직접 발표했는데 지키려 하겠죠."

"노력은 하겠지만, 일반적으로 대부분 연기되는 일이 많아."

"에이 그래도 명색이 상장사인데 그렇게 발표를 해도 되나요?"

"노력은 하겠지만 쉽지 않고 일정 맞춰서 오픈하는 것보다 더 중요한 것은 재미있게 잘 만드는 것인데, 이것도 쉽지 않아."

"쉬운 게 없네요?"

"그 발표만 믿고 들어갔다가 일정 지연되어서 주가 하락하면 비자발적 장기투자가 되어 버리고 기회비용 손실이 크지."

"그러다가 그 매수시점을 놓치면 어떡하죠?"

"그래서 나는 바이오, 게임주, 엔터주는 매수하지 않아. 이슈 하나로 주가가 급등락을 하거든. 직장인이 하기엔 적합하지 않다고 보여서."

"그래도 한 번 오르면 엄청 크게 오르던데요."

"같은 말로 한 번 떨어지면 엄청 크게 떨어지기도 하지. 가끔은 하루에도 위아래로 50%씩 오고 갈 때도 있어. 상한가에서 마이너스 20% 이런 식으로, 직장인은 대응 못하지."

"그럼 이익 좀 포기하고 남보다 조금 일찍 팔면 안 될까요?"

"신 과장이 알아서 하겠지만, 뉴스만 보고 주식을 매수하는 것은 위험해. 인게임 영상 하나도 제대로 없는 것 같은데…."

"네, 명심하겠습니다. 이거 신작 나와서 오르면 바로 팔게요."

"대신 게임 하나만 대박 나면 급등을 하는 장점도 있긴 해."

"그렇군요."

"아, 그리고 제일 중요한 것 한마디만 더 해 준다면."

"제일 중요한 건가요?"

"상장사라고 모두 괜찮은 회사라는 생각은 하지 말자. 수천 개 상장사 중에 제대로 된 회사가 몇 프로나 되는지도 잘 모르겠고, 그 제대로 된 회사 중에서도 개인주주를 생각하는 회사는 또 얼마나 될지? 신규 상장하는 회사는 과연 개인주주와 주식시장을 위해 상장하는 것일까? 아니면 그저 싸게 받은 스톡옵션이나 팔라고 상장하는 것일까? 상장 후 시간이 흘러서 나쁜 자본에 의해 우회상장된 회사의 목적이 개인 주주에게 고가에 주식 넘기고 EXIT가 목적은 아닐까 등등 진짜 신중하게 투자해야 하는 시장이야. 드라마처럼 회사 주가가 하락했다고 사장이 막 놀라고 그러는 회사는 거의 없어. 주가가 오를 때는 늘 의심의 눈빛을 가져야만 해. 개인 투자자들 좋으라고 주가를 올리는 경우보다는 대주주나 외국인들이 팔아야 할 때 주가를 올리는 경우도 꽤 많거든."

짧은 대화였지만 많이 배웠다. 주식의 고수라고 소문난 이유가 있다. 무림 고수를 만나 절세무공을 배운 그런 기분이 든다.

2017년 12월 22일 (금)

대출 받아 코인 투자

영업으로 나왔지만, 선후배들 심부름이나 하며 일주일을 보냈다. 보험거래 조회서 요청이 많아서 10여 개 단체 자료를 발송하고 담배 한 대 피우러 나왔더니 철준 씨도 나와 있다.

"철준 씨가 어쩐 일이야? 갑자기 담배는 또 무슨 일이고?"
"안녕하세요. 끊은 지 8년 되었는데 오늘은 좀 피고 싶네요."
"어렵게 끊은 담배를 왜 또 펴? 끊은 기간 아깝게."
"중대한 결심을 해야 할 것 같아서요. 오늘 엄청 빠지네요."
"또 오르겠지. 하루 하락했다고 뭘 그리 실망하고 그래.

그럴 줄 알았다, 라고 말하고 싶었지만, 위로의 말을 건넸다.
얼마 전 2,500만 원을 찍었던 비트코인이 1,600만 원까지 급락했다. 종가는 다행히도 1,900만 원을 회복하여 다행이다.

2017-12-22: 19,000,000원 (고가: 22,800,000원, 저가: 16,100,000원)
2017-12-19: 22,300,000원
2017-12-08: 20,200,000원 (고가: 24,900,000원)
2017-12-07: 23,700,000원

최근에는 비트코인이 조정을 하며 에이다, 리플 같은 중소형 알트코인들이 급등을 하고 있다고 한다. 그런데 평소의 철준 씨답지 않은 눈빛으로 나를 보더니 웃으며 한마디 한다.

"과장님! 저 지금 일진그룹 임직원 제휴 대출 받으러 갑니다."
"뭐? 대출? 적금 깬 것도 모자라서?"
"이렇게 살기가 싫어요. 올인해서 승부 보고 졸업하려 합니다."
"졸업? 뭔 졸업? 대학원 다녀?"
"코인러들은 10억~30억 원 정도 만들면 졸업한다고 해요. 그때부터는 투자는 줄이고 그냥 편히 인생을 사는 것이거든요."
"에이, 그래도 8배 수익이었는데, 그 정도면 된 거 아니야?"
"적금 깬 걸로 추가로 들어가서 현재는 결국 조금 손실 중입니다. 과장님이라서 말씀드리는 것이니까 꼭 비밀 지켜 주세요."

내가 말리고 자시고 할 상황이 아니다. 하긴 이익금이 5천만 원이 넘었다가 며칠 만에 다 사라져 버리면 그 심정은 오죽하겠는가? 그래도 선배로서는 말려야 할 것 같은데….

사실 비트코인 걱정할 때가 아니다. 내 종목도 횡보만 한다. 비트코인은 올랐다가 떨어지기라도 했지만 내 종목은 매일 지켜보고만 있어도 답답하다. 3분기 출시 예정이었던 신작 게임은 벌써 12월인데 뉴스조차 없다. 아직은 수익 중이긴 하지만 답답할 뿐이다.

철준 씨는 지금쯤 대출 상담을 받고 있겠지? 내 심장까지 뛴다. 적금 해약 5천만 원, 은행대출 5천만 원이면 총 1억 원을 코인에 넣는 것인데, 어찌하면 저런 '야수의 심장'을 타고나는 것일까?
나는 다시 태어나도 저리 과감한 투자는 못할 것 같다.
적금 해약한 돈에 대출까지 받아서 1억 원 넘게 코인에 올인이라니.
저건 투자가 아니라 광기 어린 도박이 아닐까?

2017년 12월 29일 (금)

인사발령 ver 2

 2017년의 마지막 날이다. 오늘은 1년 중 기업보험 갱신이 가장 많은 날이다. 연 단위 보험이라 그 금액이 매우 커서 종일 긴장된다.
 특히 기업별 가상 계좌가 아니라 일진화재 대표계좌로 입금한 것은 업체명과 실제 입금 내역을 수작업으로 확인해야 돼서 일이 많아진다. 건별로 입금내역을 비교하고 있을 때 임차장이 다가온다.

"신 과장, 한 달 동안 힘들었지? 영업에 적응은 잘 했고?"
"아우. 깜짝이야."

이 뜬금없는 자상함은 무엇인지 모르겠다.

"신 과장하고 이야기나 잠시 할까 하고. 시간 괜찮은가?"
"그러면 마침 담배 좀 피우고 싶은데, 같이 나가시죠."
"그래. 바람도 좀 쐬자. 사무실이 덥네."

담배도 안 피우는 분이지만 불평 없이 따라오신다.

"추운데 죄송해요. 바빠서 담배 한 대도 할 시간이 없다 보니…."
"나 추위 잘 안 타. 신 과장이 오히려 춥겠네. 얇게 입어서."

한마디 하고 나니 더 어색하다. 이 양반이 계속 왜 이럴까?

"아 그런데 무슨 말씀하시려고 갑자기?"
"신 과장, 대기업 영업부 한 달 경험해 보니 어떤 것 같아?"
"어렵네요. 고객사가 일진화재라고 특별 대우해 주지도 않고."
"패키지보험 시장이 점점 더 어려워질 거야. 요즘 들어서 대리점과 브로커까지 이 시장에 진출이 많아져서, 그런데 단체상해보험은 좀 틀리다고 하더라. 단체상해는 임직원끼리 싸움이거든. 혹시 단상영업은 좀 들어 봤나?"
"단체상해보험이요? 영업에서 크게 신경 안 쓰는 것 같던데."
"단체상해보험이 복잡하고 손이 많이 가서 그럴 거야. 단체상해보험 영업만 하는 것은 재미있을 것 같지 않아?"
"저는 대기업 3부라서 재산종합보험 판매해야 하지 않나요?"
"사실 내가 오늘 할 말이…."
"아니 무슨 말씀이시길래 그리 뜸을 들이세요. 날도 추운데."
"응. 내가 이번에 신임 영업부장으로 발탁이 될 것 같아."
"와! 축하드려요. 부서원들은 좋겠네요. 좋은 부장님 오셔서."
"나 좋은 부장 될 수 있을 것 같아 보여?"
"당연하죠. 형식보다 실리를 추구하는 부장님이시잖아요."

동기들보다 2년 늦게 부장 승진을 했으니 더욱 더 기뻤을 것이다. 좋은 표현만을 골라서 진심으로 축하해 드리긴 했는데….

"그렇게 생각해 주니 고맙네. 그러면 같이 일해 보지 않을래?"
"네? 어느 부서 발령 나시는데요?"
"응, 단체상해보험 영업부장으로 부임하게 될 것 같아. 그런데 믿을 만한 중간 간부급이 없어서, 신 과장이 필요하다."
"네? 그래도 저는 대기업 3부인데?"

"인사 담당자랑 박상현 부장님께는 내가 이미 말해 놓았고, 신 과장만 괜찮다면 1월 인사에 포함할 수 있다는데. 신 과장, 우리 함께 내년 1년 잘 영업해 보자. 괜찮은 거지?"
"저, 저야 좋지요. 좋은 부장님과 함께 일하면…, 그런데…."
"그래? 신 과장도 좋다는 이야기지? 그럼 인사팀에 그렇게 말한다. 난 오늘 부장 발탁 대상자 모이라고 해서 먼저 들어갈게. 파이팅!"
'저건 또 무엇인가? 저 어색한 파이팅….'

그렇지만 거기에 나도 모르게 '파이팅'을 같이 외치고 있다. 앞으로 내 부장으로 모셔야 될 분이다. 사회생활 참 어렵다.
단체상해 영업부에 대한 소문은 익히 들어 알고 있다.

'마음 상해, 몸 상해, 단체로 다 상해'

발령 나면 모든 것이 단체로 상한다고 '단체상해 영업부'.

생보사/손보사/브로커/대리점/설계사들의 끊임없는 전쟁터. 최저가 입찰에서 이기기 위하여 수시로 이합집산하며 편을 가르고, 상대 컨소시움을 어떤 방법으로든 이겨야만 하는 전쟁터. 패키지보험이나 퇴직연금은 참여자 모두가 승자가 될 수도 있으나, 단체보험은 어느 한편은 반드시 져야만 하는 싸움이다.
또한 1년 단위로 갱신하는 탓에 올해 승리해도, 그것이 내년에도 승리한다는 뜻은 아니기에 계속되는 긴장감으로 이런저런 술자리도 매우 많다고 들었는데….

그냥 아침 담배 한 대 피우려다 얼떨결에 또 발령이 나 버렸다.

2018년 1월 8일 (월)

대세 상승장에서의 소외감

단체상해 영업부에 온 지 일주일이 지났다. 단체보험은 수작업으로 하는 일이 매우 많다. 조건은 자꾸 변경되고 그때마다 엑셀로 계산을 해야 하는데, 만기일이 정해져 있어서 시간 내에 끝내려면 늘 불안하다. 또한 손해율에 따라 심사 부서 의견도 들어야 하니 많이 분주하다.

지난주는 실무를 배우느라 바빴지만 오늘은 무작정 나왔다. 영업 담당이 사무실에 머무르다 임원과 마주치면 조금 짜증을 내신다. 영업은 무조건 나가서 방문을 해야 한다고 생각하시는 분들이다.

그러나 무작정 나오니 갈 곳도 없고 해서 친구 사무실에 갔다. 이 친구는 보험사를 다니다 퇴사하고 현재는 단체보험 대리점을 크게 하고 있다. 친구 사무실에 가는 것으로 오해할 수도 있겠으나 나는 영업을 위해 가는 것으로 합리화했다. 실제로 앞으로 나를 많이 도와줄 그런 친구라고 생각한다. 몰랐는데 단체보험 업계의 거장이란다.

친구는 언제든지 오라며 PC까지 설치한 자리를 마련해 줘서 내근직 선희 씨에게 줄 커피를 한 잔 사서 방문을 하였다. 그런데 친구는 연초라서 그런지 계속 통화 중이라 이야기할 시간도 없다. 딱히 할 일도 없어 기다리는 동안 주식창을 잠시 열어 보았다.

오늘은 보라 대리가 보유한 셀푸리온 상승폭이 놀라웠다.

9만 원, 10만 원 할 때가 엊그제 같은데, 오늘 30만 원을 뚫어 버렸다. 보라 대리가 새삼 주식 고수로 느껴진다.

철준 씨가 1억 원을 매수했다는 비트코인도 다시 예전 고점인 2,400만 원을 회복했다. 대출받아 추가 매수한 보람이 있을 것 같다. 절반이라도 팔아 대출을 갚으면 좋겠는데.

밑에 후배 두 명은 모두 수익 중이라서 조금 질투가 난다.

왜냐하면 내 종목은 지수와 무관하게 지속 하락 중이기 때문이다.

나만 작년부터 시작된 대세 상승장에서 소외된 기분이다.

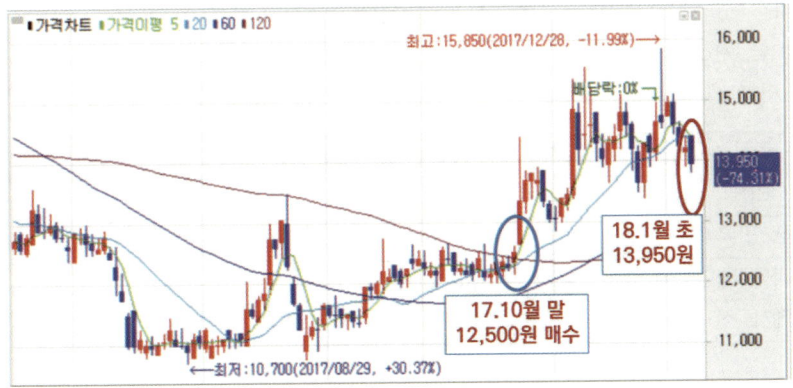

2018년 1월 16일 (화)

바이오만 올랐던 대세 상승장

　코스닥이 드디어 장중 900선을 돌파했다. 2002년 이후 15년 만에 처음 있는 역사적인 날이라고 한다. 언론에서는 연일 축제 분위기를 연출하며 지수 1,000 돌파를 계속 언급한다. 그런데 이상한 것은 주위에 주식으로 돈 벌었다는 사람은 셀푸리온에 투자한 보라 대리를 제외하면 찾아보기가 어려웠다.

　모두 '나만 종목을 잘못 골라서 고생한다'고 스스로를 자책하고 있고 나 역시도 자책 중이다. 코인도 오르고 코스닥도 오르는데 왜 내 종목만 안 오르나? 이해가 가질 않았다.
　나뿐만이 아니라 주변 동료 중 주식으로 돈 번 사람이 거의 없다.

　잠시 정차하고 뉴스를 검색하니 마침 관련 기사가 하나 떠 있다. 현재 코스닥 시가총액 60% 이상이 제약과 바이오 종목이라고 한다. 시가총액 큰 종목은 대부분 바이오 종목이고, 바이오 종목 수익률이 현재 가장 좋다고 하는 기사다. 즉 바이오 종목만 올라서 코스닥 지수가 오른 것이지 나머지는 크게 오른 것도 없다는 그런 이야기다.

	17년 1월 2일	18년 1월 2일	등락율
신라*	12,950	102,500	691.5%
셀*리온	108,200	225,900	108.7%
바이*메드	104,600	166,534	59.2%
메*톡스	344,700	498,400	44.59%

17년 코스닥 바이오 대표주 등락율

2018년 1월 19일 (금)

비트코인부터 하락 시작

발령 나고 3주가 지났다.

공무원 단체상해보험은 수천억 원 규모의 계약이 동시 진행된다. 작게는 수만 명에서 크게는 수십만 명 규모의 계약 수십 개가 진행되어 명단 관리부터 너무나 힘들다. 개명, 두음법칙 등 이상 건들을 추출하고 한 명씩 검색하여 수정해 주는 일을 모두 수작업으로 한다.

또한 5~7개 보험사가 컨소시움 계약을 하다 보니 원본 서류가 필요할 경우 하나의 서류를 각 보험사에 퀵서비스로 전달하며 모든 회사의 법인인감을 날인해야 업무가 완료된다. 마침 서류 하나를 퀵 기사님께 전달하고 담배공원으로 갔다.

그런데 지난번처럼 철준 씨가 다시 홀로 담배를 피우고 있다.
싸늘하다. 한동안 안 보여서 그날 하루만 담배를 피우고 모든 게 다 잘 끝났을 거라고만 생각했는데….

"철준 씨, 또 담배 피우네. 비트코인이 하락이라도 한 거야?"
"…."

대답도 없이 담배만 태우더니 그래도 인사는 한다.

"과장님, 안녕하세요."
"힘이 없어 보이네. 무슨 일 있어?"

약간 섬뜩한 기운까지 느껴질 만큼 눈빛이 변해 있었다.
마냥 순진하고 까마득한 후배 정도로 생각했는데, 오늘따라 꽤 날카로워 보인다. 원래 이런 친구였던가?

"요 며칠 잠을 제대로 못 잤네요. 생각하시는 그거 맞아요."

2,500만 원까지 갔던 것이 1,200만 원까지 급락했다고 한다.

"영업은 괜찮으세요? 단체상해 영업도 많이 힘들다고 하던데."
"스태프보다는 훨씬 좋지. 춥겠다. 먼저 들어가."
"네, 저 먼저 들어가겠습니다."

언젠가는 이런 날이 올 것이라고 생각했는데, 생각보다 빨리 왔다. 그런데 철준씨를 걱정할 때가 아니다. 내 종목은 어떻게 되었을까?

다행이다. 눈에 띄는 붉은색, +4%에서 잘 버티고 있다.
철준 씨에게는 다소 미안한 말이지만 비트코인…. 나는 아직도 모르겠다. 그건 시작부터 좀 불안한 투자 아니었던가?

내 종목은 수개월간 15,000원을 못 뚫었는데, 오늘은 의외다.
혹시라도 케키런 전투 신작이 드디어 출시되는 것일까?
부장님의 말씀이 생각난다.
게임주는 출시 직전에 들어가도 늦지 않는다던 충고. 그 말을 무시해서 몇 달간 기회비용을 날려 버렸다. 작년 3분기에 신작이 나온다던 회사의 발표만 믿은 내 잘못이다.

2018년 1월 24일 (수)

단체보험 입찰(직찰)

　　공기업 입찰일이다. 보통 전자입찰로 하는데, 아직도 참가자가 모여 직접 결과를 발표하는 제도를 유지하는 고객사도 몇 개 남아 있다. 나주까지 가야 해서 아침 7시에 4개 보험사 담당들이 만나생명 앞에서 만나서 함께 가기로 했다. 처음 만나는 사람들이라 어색하겠지만, 영업을 하려면 어차피 봐야 할 사람들이니 차라리 좋은 기회였다.

　　KG손보 남기순, 만나생명 신은식, 빛고을 김만규, 장수생명 진비호 네 분은 삼사 년 터울이라 대화가 서로 잘 통했다.
　　장수생명 진비호 차장님은 우리 회사에서 이직하신 분이다. 선배님답게 후배를 타 보험사 사람들에게 잘 소개해 주셨고 어색하지 않게 첫 인사를 마치고 모두 차에 올라탔다.
　　네 시간 거리지만, 밀폐된 공간에서 서로 말문이 트이자 마치 고등학생처럼 떠들기 시작한다. 특히 내 옆자리 신은식 차장은 목소리도 큰데 끝없이 말한다. 나를 왜 이 자리에 앉히려 했는지를 알 것 같다.

"아니 신 과장, 나랑 동갑이시네. 우리 말 편하게 하자."
"아 그래요. 그럼. 친구 생기니 좋네."
"용대는 골프 치나? 잘 쳐?"
"아니 나는 그냥 백돌이."
"비호 형, 우리 이 멤버로 라운딩이나 한번 갑시다."
"돈 없는데, 잠시만 단타라도 쳐서 골프비용 좀 벌어 볼게."
"형 뭐 사게? 좋은 정보 들은 거 있어?"

"하나 있지. 그 회사 CFO가 3억 투자했다고 하더라고. 절대 말하면 안 된다고, 작전 다 실패한다고. 비밀로 해야 돼."
"어떤 종목인데, 좀 가르쳐 줘, 에이 휴대폰 뺏는다."
"아, 꺼져. 저리 안 가?"

지금 이 차는 완전 청춘열차다. 마흔 넘은 남자끼리 모여 있는데도, 이야기가 끝이 없다. 그렇지만 어떤 종목인지 궁금하다.
데박시스터즈를 조금 팔아서 사 보고 싶다는 생각도 들었다.
그때 좀 험악하게 생긴 김만규 차장님이 일갈을 한다.

"당신들이 세력이야? 장기투자를 해야 돈을 버는 것이지."
"만규 형, 너무 잘난 체하는 거 아니야? 한 번 먹은 걸로?"
"천만 원 넣고 10년 장기투자 해서 1,000% 넘게 먹었으면 잘한 거 아니야? 신 과장은 어떻게 생각해? 잘한 거 맞지?"
"1,000%요? 열 배? 그것도 천만 원이나 넣으셔서?"
"이 형이 10년 전에 9천만 원을 5종목에 투자했는데, 2천만 원씩 네 종목, 그리고 1천만 원을 한 종목에. 그런데 네 종목은 마이너스 80~90%, 상장폐지가 돼서 끝나 버렸고, 하늘이 도와서 제일 조금 넣었던 종목이 대박이 나 버린 거야."
"아니, 10년 동안 물타기나 추가 매수 안 하셨어요?"
"말하면 눈물 난다. 대출 받고, 중간정산해서 1억 원 넣자마자 금융위기 오고 주가는 반토막, 10년째 대출 이자만 냈다니까."
"네? 대출받아서 하셨어요? 중간정산도 하구요?"
"2007년에 코스피가 2,000을 넘겨 버리고, 뉴스에서는 코스피 3,000까지 간다고 하니 가진 돈 다 털어 넣었는데, 집사람은 전세금이 올랐다고 하고, 돈 나올 곳은 전혀 없고."

"전세금 구해 오라고 하셨을 텐데. 어떻게 하셨어요?"

"끝까지 우겼지. 퇴직연금 제도는 중간정산 절대 없다고 하고, 우리 회사는 작아서 임직원 대출도 없고, 신용대출도 안된다고 우겼지. 결국 서울 벗어난 곳에 작은 집으로 전세 옮겼어. 안 들켜서 다행이었지. 믿어 주는 척했던 것인지는 몰라도."

"아, 슬픈 사연이 있었네요. 그래서 지금은 어떠세요?"

"10년 기다리니까 한 종목이 10배 넘게 올라서 급한 대로 조금 팔아서 대출도 갚고, 집사람 쓰라고 5천만 원 던져 줬지."

"그런데 대출받아서 주식하면 형수님에게 혼나지 않나요?"

"수익금 다 집에 주니까 대출 왜 더 안 받았냐고 묻던데, 사실 대출이든, 자기 돈이든 주식으로 돈만 벌면 그만 아니야?"

"그렇기는 하네요. 벌기만 하면 그만이긴 하죠."

"직장인들이 본인만 잘 살자고 투자하는 사람이 몇이나 있어? 대부분 가족들 다 같이 잘 살아 보겠다고 투자하는 거지. 투자가 문제가 아니고, 잃는 게 문제인 거야. 벌면 문제없어."

듣고 보니 맞는 말 같았다. 투자의 세계에서 옳고 그름은 수익이냐 손실이냐 이거 하나밖에 없는 것이다. 코인이든, 주식이든 간에….

이런 저런 무용담으로 떠들다 보니 어느새 도착했다. 다행히 경쟁사는 없었고, 단독입찰에 따른 수의계약으로 결정되었다. 방문까지 한 것은 헛고생이지만 김만규 차장님께 좋은 이야기를 듣게 되었다.

"투자가 나쁜 것이 아니다.
대출도 나쁜 것은 아니고,
나쁜 것은 돈을 잃는 것이다.
돈을 벌 수만 있다면 모든 합법적인 투자는 옳은 것이다."

2018년 1월 29일 (월)

KOSPI 3,000을 갈 것인가?

코스피가 장중 2,600을 돌파하며 사상 최고치를 경신했다. 수년간 계속되던 박스권을 뚫고 최초로 2,600에 안착 직전이다. 한 번 뚫기가 어려울 뿐이지, 이대로 간다면 3,000까지 직행할 기세다.

내가 보유한 데박시스터즈도 연중 최고점을 찍은 후 최고가를 유지 중이고, 송 대리의 셀푸리온도 10% 급등하며 30만 원을 지켰다.

수년간 우리나라 증시는 2,000포인트를 오르고 내리기를 반복하여 박스피라고 부르기도 했다. 오늘 최고치를 찍었으니, 3,000포인트 돌파 가능성이 더 높아졌다.

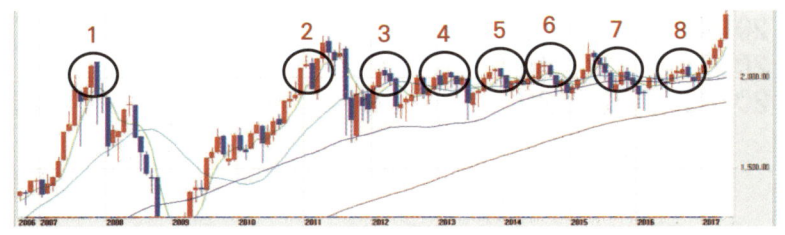

월말 마감으로 바쁜 달이었음에도 크게 힘들지 않았다.
주식 투자로 삶이 이렇게 활력 넘치게 될 것이라고 생각하지 못했다. 주식 투자를 하면 손해를 본다고 사람들이 겁을 줬었는데 이번에는 주식이 아니라 코인에 투자했던 주변 사람들이 울고 있다. 과연 고점에서 반토막 난 코인이 언제 반등할지 조용히 지켜봐야겠다.

2018년 2월 7일 (수)

상승 끝, 하락 시작

코스피가 최고점을 찍었다고 호들갑, 3,000포인트 갈 거라고 호들갑, 언론에서 일제히 호들갑을 떨 때 조금 불안했었다. 결국 올 것이 오고 말았다. 동시호가부터 전체가 파란색이다.

월요일에는 미국 다우지수가 4.6%, 나스닥이 3.8% 하락을 했다. 확실히 미국은 스케일이 다르다. 다우가 1,175포인트, 나스닥이 273포인트 빠진 것이다. 1,175포인트가 한 번에 빠진 것은 다우지수가 생긴 이후 역대 최대치라고 한다.

그런데 하락 이유가 잘 이해가 가지 않는다. 미국 금리 인상이 예상보다 빠르게 진행될 수 있다는 우려라는데 금리가 그렇게 중요한 것인

지 사실 나는 아직도 잘 모르겠다. 내가 근무하는 보험사는 금리가 낮으면 문제고, 오르면 좋은 회사인데.

KOSPI는 4일 연속으로 하락하다가 오늘은 2.31%나 하락하며 몇 달간 상승 폭을 최근 일주일 만에 모두 반납해 버렸다.

데박시스터즈는 최근 일주일간 지수보다 더 큰 폭으로 하락했고 35만 원까지 찍었던 셀푸리온은 25만 원까지 하락했다. 머리도 아프고 해서 빛고을 생명에 간다며 일찍 사무실을 나왔다.

"여보세요? 만규 차장님! 저 일진에 신용대 과장입니다."
"어, 신 과장. 오랜만이네?"
"아니 오늘 혹시 점심 약속 있으세요?"
"점심 약속? 나야 늘 있지. 비호 차장 올 거니까 조인해라."
"비호 형도 오나요? 그럼 제가 그리로 갈게요. 이따 봬요."

주식이 잘 안 될 때는 1,000%가 넘는 수익을 낸 '미다스의 손'을 만나야 일이 잘 풀릴 것 같았다. 예약 장소를 보니 좋은 식당이다. 영업 나오면 맛있는 것 먹기 좋다더니, 요즘 들어 실감나기 시작한다.

"막내가 뭐 한다고 제일 늦게 오나? 신 과장이 밥 살 거야?"
"아 저희 일진화재가 활동관리가 좀 엄격해서요."
"우리 회사는 활동관리 부실해서 나만 일찍 온 건가?"

"잘 지내시죠? 지난번엔 더 많은 가르침을 받아야 하는 건데."
"뭘 가르침을 받아. 운 좋았으니 하나라도 터져 준 거지. 믿었던 나머지 종목은 상장폐지, D중공업은 -90%야. 그 종목 없었으면, 난 평생 빚만 갚다가 끝났을 거야. 그래서 고마워서 못 팔고 있는 거라고."
"그나저나 요즘 지수가 계속 빠지네요. 4일 연속 큰 폭으로."
"요즘은 주식이 문제가 아니던데, 코인이 아주 지옥이던데."
"맞다. 코인. 우리 사원 하나가 1억 원을 때려 박았는데요."
"뭐 1억 원을? 뭘 믿고 거기에 그런 돈을 넣었는가?"
"처음에는 5백만 원만 넣다가 적금 깨고, 대출까지 올인."
"내가 나이를 먹어서 그런지는 몰라도 코인은 정말 아닌데."
"블록체인 기술이던가? 그게 미래의 혁신 기술이라고 하네요."
"혁신 기술이라고 치자. 그걸 어디에 사용하냐고?"
"탈중앙화 기술이라고 대기업 IT업체도 이더리움인가를 기반으로 사업에 진출한다는 뉴스도 있어요."
"아무튼 그 어린 게 마음고생 좀 하겠네. 지금 얼마인데?"
"잠시만요. 저도 앱 하나 깔았어요. 헐, 후배가 며칠 전에 2천만 원에 샀는데 지금 8백만 원 조금 넘어요."

[2018년 1~2월 비트코인 시세]
2018-02-08: 종가 9,400,000원 (저가 8,400,000원)
2018-01-05: 종가 23,000,000원 (고가 28,000,000원)

오늘 점심 자리는 골프, 주식이 아닌 코인 이야기가 주요 화제였다. 살짝 인간의 비겁한 본성을 보는 것 같았다.
코인도 많이 빠졌지만 코스피도 2% 넘게, 코스닥은 3% 넘게 빠졌다. 본인들 보유 종목도 많이 하락했는데, 말을 꺼내지 않는다. 그리고 본인보다 더 불행한 사람의 손실을 이야기하며 위안을 받는다.
수익이 나면 더 큰 수익이 난 사람을 부러워하며 불행해지고, 손실이 나면 더 큰 손실이 난 사람을 보며 위안을 삼는다.

 이왕 활동을 나왔기에 한빛생명 대리점에 방문하였다. 여기 장우성 과장도 나와 같은 종목의 주주라서 대화가 잘 통한다. 처음에는 그저 높은 가격에 샀던 주주라고만 알았는데 이분은 5년 전에 공모주에 청약했던 주주라고 한다. 반가웠다. 좀 더 하락하면 추가 매수를 한다고 하는데, 더는 안 떨어지면 좋겠다.

입방정

 차가 막힐 것 같아서 한곳만 방문하고 복귀했더니 사무실에 바로 가기엔 시간이 너무 이르다. 그때 마침 보라 대리가 눈에 띈다.

"송 대리, 오랜만이네."
"어머, 과장님. 활동 다녀오시나 봐요."
"활동은 뭐, 그냥 식사하고 오는 거지."
"밥 먹고, 차 마시는 게 활동이죠. 뭐."
"그럼 송 대리에게도 활동 좀 해 볼까? 커피 한잔할래?"
"아 저 마침 커피 사러 왔어요. 너무 졸려서."
"잘 되었네. 내가 한 잔 사 줄 테니 들고 올라가."
"어머~ 감사해요. 오늘은 운이 좋네요."
"주식 무섭다. 몇 달 동안 오른 거 며칠 만에 다 빠졌어."
"과장님! 저는 35만 원에서 25만 원이 되어 버렸어요."
"아 그렇지. 그럼 거의 30%가 며칠 만에 빠져 버린 거네."
"제가 주식창을 거의 안 보는데, 오늘은 여러 번 봤어요."
"그렇겠네. 며칠 만에 거의 돈 천만 원 넘게 줄었겠다."

"괜찮아요. 다시 오르겠죠. 뭐. 미국 때문에 빠진 거라서…."

주식 이야기를 하다 보니 커피가 나왔다.
사무실로 가기 전에 선배로서 뭔가 멋진 위로의 말을 해주고 싶었다.

"송 대리, 우리는 코인을 산 것도 아니니까 결국 오를 거야. 그나저나 철준 씨는 큰일이다. 손실이 클 것 같은데."
"에이, 철준 씨 다 해 봐야 5백만 원 투자한 건데요, 뭘."
"아니야. 이거 절대 남들에게는 비밀로 해줘. 대출에다가 적금까지 깨서 거의 1억 원이 들어갔어. 손실이 클 거야."
"네? 1억 원이요? 저에게는 5백만 원만 들어갔다고 했는데?"
"처음에는 그랬었는데, 연말, 연초에 갑자기 좀 무리를 했어. 내가 말릴까 하다가 못 말린 것이 좀 후회가 되네."

갑자기 송 대리 눈빛이 변하며 어디론가 전화를 건다.

"너 지금 어디야? 어디냐고? 나 1층에 있으니까 당장 내려와. 죽어도 5백만 원이라고 하더니. 네가 이제 미쳐서 죽으려고 하는구나. 과장님, 먼저 들어가세요. 저 철준이랑 이야기 좀 하다 갈게요."
"어, 그거 절대로 비밀로 해야 하는 거였는데."
"제가 알아서 할게요. 먼저 들어가세요. 빨리 가세요."

뭔가 실수를 한 것 같은 불길한 예감이 들었다. 나중에 알고 보니 둘은 사내 연애 중이고, 가을에 결혼 예정이라고 한다. 그것도 모르고 엄한 이야기를 해 버렸다. 이놈의 입방정.

2018년 2월 8일 (목)

파국, 아니 파혼이다

"과장님! 안녕하세요. 담배 한 대 하시죠?"
"그래, 담배 공원에서 보자. 지금 갈게."

철준 씨가 먼저 메신저를 해 왔다.
사과하려 했는데 마침 다행이다. 아마 어제 송 대리 일로 나를 원망하려 하는 것이겠지. 후배가 손실 본 것을 내가 왜 온 동네방네 떠들고 다녔을까? 나이 마흔 다 되어 정말 하지 말았어야 할 짓을 해 버렸다.
후배지만 나에게 많이 화를 낼 것 같다. 다 받아 줘야겠다.
다시는 남의 이익과 손실에 대해서 이야기하지 않겠다. 이게 무슨 망신이란 말인가?

"과장님, 어제 놀라셨죠?"
"많이 놀랐어. 일단 둘이 사귀는지 전혀 몰랐었거든."
"알 만한 사람은 다들 알아요. 과장님만 몰랐을 수도 있어요."
"그래? 내가 왕따인가 보구나. 이렇게 입이 싸니 그럴 수도."
"차라리 잘 된 것 같아요. 오히려 감사드려야 할 것 같아요."
"어? 화해했구나? 다행이다."
"아니요. 파혼했어요. 다시 생각해 보자고 하네요."
"파혼까지? 내가 너무 미안해서 어쩌지. 진심으로 사과할게."
"괜찮아요. 결혼 좀 미루자고 어떻게 말하나 고민 중이었어요."
"그래도 파혼까지는 좀 너무했다."
"너무 신경 쓰지 마세요. 5천만 원 손해? 회사에 1년간 자원봉사했다고 생각하면 돼요. 다만 돈이 문제가 아니라, 본인 몰래 투자한 것이 용서가 안 된다고, 앞으로 어떻게 서로 믿고 살 수 있겠냐고 당분간 생각 좀 하자고 하더라고요."

신뢰가 깨지는 것은 돈보다도 더 소중한 것을 잃는 것이다.
나 역시도 아내에게 들킬 것 같아서 하루하루가 불안하다.

"그런데 솔직히 결혼해서 2년마다 전세 옮겨 다니고, 맞벌이해가며 그 작은 월급 모아서 발버둥 치면서 그렇게 살고 싶지 않아요. 이제는 눈치 안 보고 마음 놓고 투자할 수 있으니 차라리 잘 됐어요."

마치 나에게 들으라고 하는 말처럼, 내 가슴이 답답해졌다.
전세 옮겨 다니며 치열하게 사는 삶.
내가 그렇게 10년을 살아왔는데.
내가 바로 철준 씨가 닮고 싶지 않은 선배의 모습이었나 보다.

그러나 현실을 무시할 수는 없다.
흙수저로 태어나서 금수저로 이동하는 것이 가능한 것일까?
지금 투자금액이 10배가 되어도, 내 인생은 바뀔 수 없는데 말이다.

2부
사춘기

주식투자의 유년기 시절을 보내고
어느 정도 투자에 익숙해지면 자신감이 붙기 시작한다.

우리의 사춘기 때처럼 많은 호기심을
실행으로 옮기게 되는데,
바로 미수거래, 신용거래, 대출투자 등이다.

잠시만 해 보고,
바로 상환할 수 있을 것이라는
철없는 생각을 하며 사고를 치게 된다.

외식 값이나 벌어 보자던
순수한 투자 동기는 사라지고
욕심이 두려움을 사라지게 해 주어 테마주로 눈을 돌린다.

사춘기에 탈선하면 성장하며 교화 기회가 있지만
주식투자에서 탈선하면 교화 기회가 잘 주어지지 않는다.

돈이 사라져 버린 후에는 교화 기회는 없다.
빚만 갚으며 살아가야 하는 징벌을 받게 된다.

2018년 2월 9일 (금)

테마주 입성

거래일자	거래종류			종목번호	
거래번호	원거래번호	수량	단가	종목명	
2018/02/09	주식매수			A079650	
20		400	4,170	서산	
2018/02/09	주식매수			A079650	
19		300	4,160	서산	
2018/02/09	주식매수			A079650	
18		400	4,140	서산	
2018/02/09	주식매수			A079650	
17		130	4,030	서산	

어제 철준 씨의 말을 수백 번 곱씹게 되었다. 전세 옮겨 다니며 아등바등 사는 삶, 바로 내 이야기였다. 후배는 파혼까지 감수하고 연봉까지 날려가며 과감한 투자를 하는데, 코인이라는 위험한 자산까지 투자하며 삶을 바꿔보려 노력하는데, 만규 형도 그러지 않았던가? 대출, 중간정산까지 올인 전략.

오늘부터는 안정성보다는 수익성 위주로 투자 방향을 바꿀 것이다. 출근하자마자 어제 퇴근길에 검색했던 종목 매수를 준비했다.

내가 찾은 첫 번째 테마는 '새만금 테마'였다. 정권 특성상 향후 호남 지역에 투자가 많이 이뤄질 것으로 예상되고, 그중에서도 가장 좋은 곳은 새만금이라는 생각이 들었다. 공사를 하려면 시멘트가 많이 필요할 것이다. 호남 지역에 위치한 시멘트 회사를 매수했다.
테마를 잘만 타면 데박시스터즈에 3개월간 투자하여 얻은 수익을 하루 이틀이면 다 벌 수 있을 것이다. 그러나 2월 초에 매수 후 주가는 바로 하락했고, 2월 말까지 내 본전은 오지 않았다.

2018년 3월 22일 (목)

첫 테마주 익절 완료

테마주에 입성 후 신고식은 다소 지루하고 길었다.

매수하자마자 3,800원까지 하락 후에 계속 횡보를 하였고, 3월 초에는 수익권에서 매도 찬스를 주기도 했다. 그러나 조금이라도 더 수익을 보겠다는 마음에 버틸 때마다 다시 하락을 해 버렸고, 결국 2개월 간 버틴 후에 겨우 10% 수익에 만족하고 전량 매도를 하였다.

훗날 다시 한번 차트를 살펴보았다.

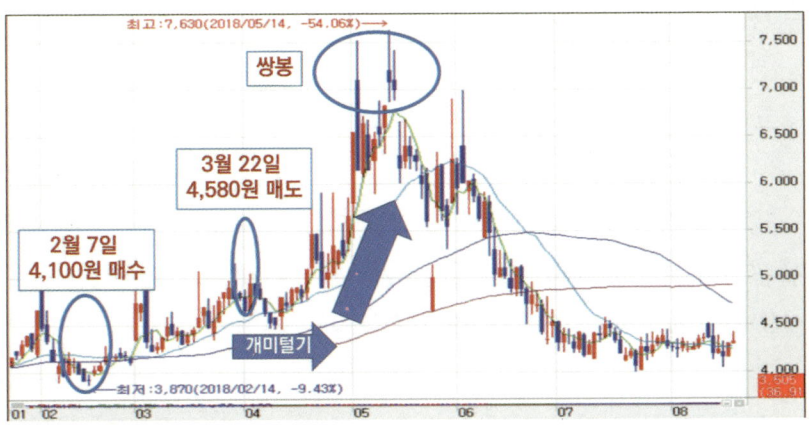

3월 22일 음봉에서 매도한 이후에도 수차례 급등락을 반복하며 심약한 개인 투자자는 버틸 수 없게 주가는 흘러갔다. 그렇게 급등락 후 5월에는 7,630원이라는 고점까지 찍어 버렸다. 훗날 차트를 보니 내가 못 견딘 것이 이상하지 않았다. 저런 등락에 버틸 만큼 나는 강심장이 못 되는 사람이다.

2018년 3월 23일 (금)

글로벌 악재까지 걱정 시작

금요일은 주가가 오르는 날보다 하락하는 날이 많다. 오늘 주말을 앞두고 청천벽력 같은 뉴스로 증시가 급락했다. 지난번 8.2 부동산 대책과는 비교도 할 수 없는 더 큰 악재였다. 미국이 중국에 대규모 관세를 부과하는 행정명령에 서명한 것이다. 이제는 언론들도 무역 분쟁이 아닌 무역 전쟁으로 표현하기 시작한다.

"트럼프 미국 대통령은 백악관에서 중국산 수입품에 대해 연 500억 달러 규모의 관세 부과를 지시하는 '중국의 경제 침략을 표적으로 하는 행정명령'에 서명했습니다."

그러나 당하기만 할 중국은 아니었다.

"중국이 미국의 관세 정책에 맞서 30억 달러 규모의 미국산 수입품에 관세를 부과하겠다는 입장을 밝혔습니다. 관세 부과 품목에는 농수산물 외에 철강까지 포함되었습니다."

주식 투자를 시작한 이래 코스피 3.18%, 코스닥 4.81%가 빠지는 장면을 처음으로 목격했다. 국내 부동산 정책만이 아니라, 세계 무역까지도 걱정을 해야 하다니 송 대리가 해 준 말이 생각난다.
주식 투자를 하게 되면 신경 쓸 것이 정말 많다고 했던 바로 그 말. 세상의 모든 아픔의 십자가를 어깨에 메고 걷는 기분이다.

2018년 3월 29일 (목)

두 번째 테마주 발굴

지난주는 미중 무역전쟁으로 코스피, 코스닥 모두 -3% ~ -4% 이상의 급락을 보였고 무역전쟁은 이제 시작일 것이라 많은 이들이 손실 상태로 매도했거나, 당분간은 주식 시장을 관망하려고 신규매수는 하지 못했을 것이다.

그런데 이번 주는 언제 그랬냐는 듯 다시 주가가 상승했고 하락 전의 가격을 모두 회복해 버렸다. 결국 소심한 투자자만 급락장에 팔아 버린 꼴이다.

'공포에 사서, 환희에 팔아라'라는 의미를 이제야 깨우친다.

억울해서 다시 투자 기회를 찾기 시작했다. 마침 좋은 뉴스가 뜬다. 다음 달 남북정상회담이 개최된다고 한다. 또다시 큰 테마주를 탄생시킬 것이다. '새만금 테마'는 호남지역 한정 테마로 규모가 너무 작았다. 그러나 남북회담은 한반도 전체, 아니 세계 평화와도 관련이 있는 대형 테마다.

이번 기회를 놓칠 수 없었다. 지난번 새만금 테마는 사실 언제 오를지 몰라서 보유 기간이 의도치 않게 길어 졌지만, 이번 테마는 날짜가 정해져 있다.

'소문에 사고 뉴스에 팔라' 했듯이 남북정상회담 전날이나 당일 오전에 모두 매도할 예정이다. 매우 안전해 보이는 시나리오다. 역시 주식도 머리가 좋아야 하는 것이다.

2018년 4월 5일 (목)

빠른 손절

거래일자	거래종류			종목번호
거래번호	원거래번호	수량	단가	종목명
2018/04/09	주식매수			A033100
3		1,110	13,050	제룡전기
2018/04/09	주식매도			A033100
2		507	12,600	제룡전기
2018/04/09	주식매도			A033100
1		603	12,550	제룡전기

　대북 관련주를 유심히 살펴본 끝에 제*전기에 투자하기로 정했다. 얼마 전에 급등 후에 최근 조정 중인데, 오전부터 매수에 들어간다. 사무실이라 지켜보고 있기가 어려웠지만, 13,600원에서 13,100원까지 적당히 하락을 하였기에 즉시 매수했다.
　사무실에서 업무 중에 매수하면 분할 매수가 쉽지 않다.
　하락한 듯싶어서 매수했지만 매수 직후부터 계속 하락이다. 예전에 단타 관련 유튜브 영상을 봤는데, 단타에서 가장 중요한 건 빠른 손절이라 하였다. 2% 이상 손실이면 즉각 매도를 해야 한다고 했다.

　두 시간이 지나도 하락권에서 움직이지 못하고 있어, 결국 종가에 모두 정리를 하였다. 테마주 두 번째 시도는 실패다.
　그러나 빠른 손절로 손실을 최소화했다고 스스로 대견하게 생각했다.
　그 이후 제*전기는 2주일 만에 50% 올라 2만 원을 찍었다.

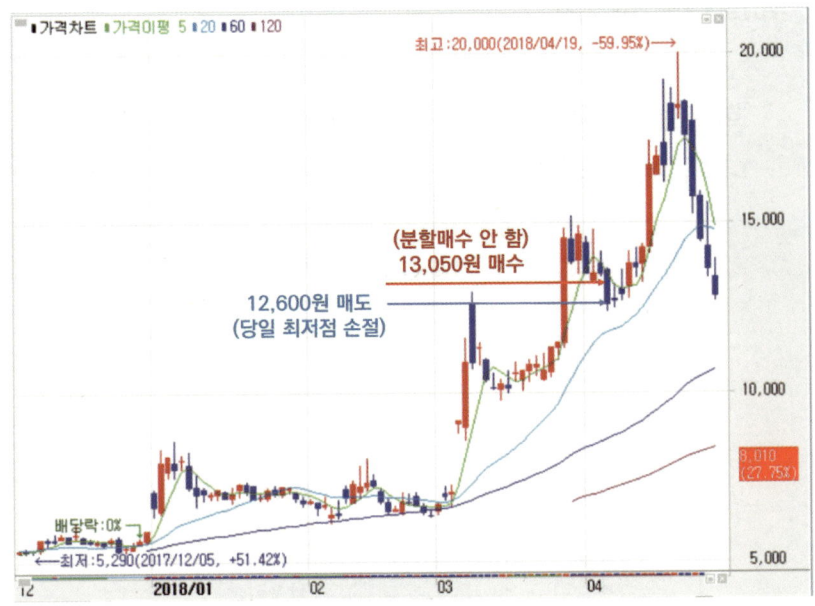

나중에 차트를 다시 보았더니 분할 매수만 했어도 버틸 수 있었을 것이었다. 회담까지는 시간이 남았으니 버텨도 좋았을 것이다. 이틀만 참았다면 바로 수익권이라서 손실도 없었을 것이다.

결국 앱을 계속 볼 수 없는 직장인이 급등주를 매수하는 것은 절대적으로 불리한 싸움이다. 게다가 자금이 크지 않다는 핑계로 한 방에 매수하니 조금만 하락해도 불안했을 수 있다.

빠른 손절이란 단어는 충분히 저점 매수를 했다고 판단했을 때 사용하는 단어 같다. 대충 한 방에 매수해 놓고 손절을 하는 것은 그냥 돈을 잃겠다고 투자하는 것이다. 그리고 손절매도 자주 하면 습관이 되며 잔고만 감소한다. 손절매를 할 것 같은 종목은 애초에 매수를 하지 않는 것이 옳은 매매 방법 같다.

2018년 4월 20일 (금)

흔들리는 것은 호가창이 아니라
나의 마음이었다

2018년 4월						
월	화	수	목	금		토
2	3	4	5	6		7
9	10	11	12	13		14
16	17	18	19	20 이*전기 매수일		21
23	24	이*전기 매도계획 (정상회담 전에 미리)		27 남북정상회담		28

제*전기는 저점 매수 실패로 작은 하락에도 겁먹고 손절했다. 이번에는 이*전기로 도전을 해 보자. 한 번 전기는 영원한 전기다.

내 계획은 이렇다. 4월 20일 금요일, 이*전기를 매수하고 다음 주 금요일에 정상회담이니 25일이나 26일에 미리 팔아서 뉴스만 기다리는 개미들에게 고점에서 내 물량을 넘길 예정이다. 오늘 거래량이 무려 3억 5천만 주가 터졌다. 처음 보는 대량 거래다. 주가는 속여도 거래량은 못 속인다고 하지 않던가?

거래량이 많은 만큼 호가창 움직임이 다이내믹하다. 620원부터 매수를 걸었지만, 호가창이 계속 움직여 매수가 안 된다. 계속하여 위로 매수가를 수정하고, 최종적으로 매수가를 650원까지 수정하여 겨우 체결이 되었다.

거래일자	종목명	거래수량	거래금액
거래종류	세금+수수료	단가	예수금잔액
2018/04/24 주식매수	이화전기	7,000 650.00	4,550,000 8,334,232
	230.00		

그런데 그냥 620원에 놓았어도 금방 체결될 것을 굳이 650원으로 수정했다. 나는 매수를 걸고 바로 체결이 되지 않으면 늘 불안하다. 그래서 자주 매수가를 위로 올리는데, 참 나쁜 버릇이다.

기다렸다면 결국 체결되었을 것인데 그것을 못 기다리고 늘 비싸게 산다. 제*전기에서도 분할 매수를 안했고, 이번에도 안했다. 역시나 체결 직후 5분도 지나지 않아 주가는 590원까지 급락해 버린다.

지금 생각해 보면 흔들리는 것은 호가창이 아니라 내 마음이었다.

내 마음이 흔들려 위로 매수하면 언제나 매수 직후부터 손실이 발생한다. 그러나 두 번 당할 내가 아니다. 지난번 제*전기에서 빠른 손절을 했더니 이틀 후부터 급등을 해서 바라만 보았다. 이번에는 손절 없이 반드시 이익을 내고 나올 테다.

그러나 이 종목은 2020년에 100원 근처까지 하락하였고, 결국 3년이 지난 2021년 매수가의 1/3인 202원에 손절했다. 삼년이라는 기회비용까지 손실을 보면서 동전주는 다시는 사지 않겠다고 결심했다.

거래일자	종목명	거래수량	거래금액
거래종류	세금+수수료	단가	예수금잔액
2021/01/08 주식매도출고	이화전기공업 3,300.00	7,000 202.00	1,414,000

<- 650원

2018년 5월 5일 (토)

오월은 푸르구나, 내 계좌처럼

    어린이날이다. 오월은 푸르고, 내 계좌도 푸르다. 작년에 받은 성과상여, 그리고 연말상여와 설상여 및 연차수당까지 아내에게 줄 돈을 조금씩 중간에 빼돌리는 일이 많아졌다.
    예전에는 아내에게 돈을 주는 것이 기쁨이었는데, 최근에는 투자라는 명목으로 죄의식도 없이 돈을 빼돌려 계속 주식계좌에 입금했다.

    그러나 단기 수익을 바라고 테마주에 투자한 결과는 비참했다. 제*전기에서는 손절을 하니 급등을 했고, 이*전기에서는 손절을 하지 않았더니 한없이 계속 하락한다. 650원에 매수한 이*전기가 어제는 510원으로 끝이 났다.

    주식으로 돈을 벌어 어린이날 아이들에게 좋은 선물도 해 주고, 맛있는 것도 사 주겠다던 계획은 무산되었다. 손절 타이밍도 지나버렸다. 그렇다고 투자를 계속 하지 않으면 수익 기회조차 없어질 것이다.

    빛고을생명 김만규 차장님 말씀이 문득 떠오른다.

    "투자나 대출이 나쁜 것이 아니고, 손실 나는 게 나쁜 것이다. 비록 대출받아 투자했어도, 수익만 낸다면 뭔 죄가 있나?"

2018년 5월 10일 (목)

임직원 대출

보험계약대출은 매월 카드 값으로 이미 다 써버렸다. 이미 7천만 원을 대출받아서 매월 이자만 30만 원 이상 나가고 있다. 그러나 보험계약대출은 솔직히 내 돈이다. 보험계약을 해약하면 따로 돈을 갚을 필요도 없다.

그러나 오늘은 실제 대출을 받을 예정이다. 많이 받지는 않을 거다. 과장급에게는 2천만 원까지 임직원 대출을 해 준다. 절차도 어렵지 않다. 클릭 몇 번 하니 바로 입금이 되었다.
2천만 원으로 다시 한번 제대로 된 투자를 해 보겠다. 사실 꼬깃꼬깃 모아서 마련한 몇백만 원 종잣돈으로는 수익이 나 봐야 티도 나지 않았다. 한 달에 고작 몇십만 원 수익 내 봐야 고생만 하고 성에 차지 않는다.

종잣돈이 커진 만큼 목표를 상향하기로 했다. 치킨이나 외식 비용이 아닌 '삶의 질'을 바꾸는 것을 목표로 하자.

철준 씨 말이 백 번 옳다. 언제까지 이렇게 치열하게 삶을 살아야 하는가? 크게 투자하고, 크게 수익 낸 후에 위험을 좀 줄이면 된다.

빠르게 수익을 내서 대출금을 갚고, 이익금만으로 투자를 해 보자.

2018년 5월 11일 (금)

미수의 달콤한 유혹

며칠 전에 남선*미늄이 갑자기 상한가를 갔다. 처남이 다니던 회사라서 주가가 500원 정도 하던 시절부터 알던 종목이다. 당시는 동전주라서 신경을 안 썼는데, 어느새 주가가 3배나 상승했다.

테마주 종목은 보통 재무 상태가 부실한데, 이 종목은 그룹사도 크고 재무 상태가 괜찮다. 또한 재료도 매우 다양하다. GM대우 조업이 개시되면 매출 증가가 예상되고, 대북주로도 엮여서 남북철도를 짓는다면 알루미늄이 많이 필요할 것이라 한다. 더군다나 남선*미늄 우선주는 최근 세 번이나 상한가를 기록 중이다.

어제 대출받은 2천만 원을 투자해도 좋은 종목이라고 판단하여 레버리지 미수거래로 4천만 원을 한 방에 매수했다.

거래일자		거래종류		종목번호	
거래번호	원거래번호	수량	단가	종목명	
2018/05/15		주식매수			A008350
7		24,513	1,705	남선알미늄	
2018/05/15		주식매도			A008350
5		10,509	1,770	남선알미늄	
2018/05/15		주식매도			A008350
4		14,000	1,745	남선알미늄	

확실히 자본금이 크니 수익도 금방이다. 몇 시간 만에 백만 원을 넘게 벌었고, 2회에 거쳐 분할 매도를 하며 수익을 챙겼다.

2018년 5월 14일 (월) ~ 5월 16일(수)

미수의 본색

어제는 남선*미늄을 매수하여 30분 만에 백만 원을 벌었다. 나름 자산주로서 안정적인 종목이니 오늘 다시 한번 도전해 볼 예정이다.

어제는 더 큰 베팅이 가능했는데, 너무 몸을 사려서 최대한도로 미수를 못 치고 반절 미수만 쳤던 것이 아쉬웠다. 오늘은 전력을 다 쏟아 부어 수익을 더 키워 볼 생각이다.

거래일자	거래종류			종목번호
거래번호	원거래번호	수량	단가	종목명
2018/05/16	주식매수			A008350
12		40,000	1,640	남선알미늄

현재 가격에서 '미수최대'로 7만 주를 살 수 있었다. 7만 주면 1억 원이 넘는다. 아직은 좀 무리다.

다만 1,640원에 4만여 주가 주가 상승을 막고 있다. 일단 남선*미늄 우선주가 상한가 근처에 먼저 안착했다. 우선주가 먼저 상한가를 가면 본주도 상한가를 갈 것인데 저 4만 주가 방해를 하고 있다.

내가 뚫어 주겠다. 누군가 나서지 않아서 막혀 있는 것이지, 한두 명이 앞장서 매물벽을 부순다면 다른 개미들이 몰려들 것이다.

1,640원에 4만 주를 미수 최대로 매수하며 클리어해 버렸다.

속이 후련하다.

내가 마치 개인투자자의 선봉장이 된 기분이 들었다.
곧 3~5%만 먹고 팔면 어제 백만 원, 오늘 2, 3백만 원으로 이틀에 1시간 동안 매매하여 내 월급만큼 수익이 날 것이다.

외근을 나가려고 주차장에서 에어컨을 키고 음악을 틀었는데 주차장으로 오는 동안 1,800원에서 1,590원까지 급락을 했다.

젠장, 큰일이다. 50원만 떨어져도 2백만 원 손실이다. 이럴 줄 알았으면 예약매도를 해 놓을 것을, 우선주가 상한가에 갈 것 같아서 방심했다. 14일에 미수를 했으니, 16일까지 매도를 해야만 한다.

이틀간 본전을 기다렸으나 이번에도 그 가격은 다시 오지 않았다. 미수로 매수할 경우 언제나 시간은 내 편이 아니다.

거래일자	거래종류		종목번호
거래번호	원거래번호	수량 단가	종목명
2018/05/18	주식매도		A008350
3		40,000　　1,370	남선알미늄

미수 상환기일 5월 16일에는 기사 하나가 대서특필 되었다.
북한은 한미연합 공중훈련(Max Thunder)을 이유로 남북고위급 회담을 전격 취소한다고 발표하였고, 대북주는 급락했다.
대북주로 엮여 있었던 남선*미늄도 -11% 하락 마감하였다. 미수로 매수했던 나는 어쩔 수 없이 손실을 보며 매도할 수밖에 없었다.

시간이 정해진 미수매매는 개인투자자가 이길 수 없는 싸움이다. 아예 미수금지 계좌로 증권사에 전화를 하여 바꿔 놓는 게 좋다.

2018년 5월 21일 (월)

대출원리금 급여공제

"마감표 점검 좀 하자. 701 회의실로 영업 담당자 집합."
"네, 바로 가겠습니다."

옆 부서 퇴직 연금부는 고객사 바지 자락이라도 붙잡고 사정하면 5월에도 보험료를 납입하는 경우가 간혹 있다. 그러나 단체상해보험은 계약일자가 정해져 있어서 아무리 사정해도 그런 일은 없다.
 그래도 회의에서는 늘 다 될 것처럼 이야기를 해 왔다. 안 되는 것도 월중까지는 된다고 해야 한 달이 편하다. 그러나 이제는 거짓말을 하기에도 남은 날짜가 너무 없다. 이제는 배 째라는 식으로 안 된다고 고백하고 다음 달 자원 이야기를 하며 화제를 돌려야 하는 시기이다. 그렇게 마음의 준비를 하고 회의실로 향했다.

5월이 상반기 평가 마지막 달이라서 다들 표정이 굳어 있다.

"이 과장은 활동 어디서 해? 들려오는 이야기가 거의 없더라."
"네? 저는 주로 빛고을 생명이나, 만나생명 자주 가는데요."
"생보사 사람 만나 봐야 도움이 되나? 손보사 사람 만나야지."
"손보사는 경쟁자이기도 하고 까칠한 분도 꽤 많더라고요."
"까칠한 게 아니고, 바빠서 그런 거야. 주간사 업무 힘들어."
"그분들 점심도 잘 사주시고, 업계 이야기도 잘 해 주셔서."
"공짜 점심은 없는 거야. 결국 일진화재 주간사 계약에 좀 참여하게 해달라고 밥 사 주고 차 마시고 그러는 거잖아."

"좋은 분들 같던데요."
"영업은 좋은 사람을 만나는 것이 아니고, 계약을 키울 사람을 만나는 것이야. 법인카드도 맛있는 것이나 먹으라고 주는 거 아니야."
"네, 알겠습니다."
"신 과장 평가 기간이 아니라고 해도 긴장감이 없는 것 같아."
"죄송합니다. 다음 달부터 평가 대상이니 열심히 하겠습니다."
"이제까지 평가 대상 아니라 열심히 안 했다는 것으로 들리네."
"아. 아닙니다. 열심히 했는데 성과가 없었네요. 죄송합니다."

사실 영업이 문제가 아니다. 미수 한 번 잘못 치고 남북고위급 회담이 취소되며 내 돈이 천만 원이 한순간에 사라져 버렸다.

자원회의를 마치고 월급을 송금하려 했는데 큰일이다. 사내대출은 급여공제 원리금 상환인 것을 잠시 잊고 있었다. 금방 갚을 생각으로 12개월로 상환 신청을 했는데, 110만 원이 급여 공제가 되어 월급이 240만 원만 입금이 되어 있었다. 대출받을 때는 바로 갚을 생각이었으니, 급여공제까지 생각은 할 필요가 없었는데 큰 낭패다.

서둘러 현금 서비스를 받아서 집에 월급을 보냈다. 다만 필요한 금액만 받아서 급여만 보냈어야 옳은 일이겠으나, 지난번 천만 원 손실을 메꾸려고 투자금을 7백만 원이나 받아 버렸다.
서비스 7백만 원으로 2백만 원은 월급을 보내고 5백만 원은 주식계좌로 보냈다. 다시 투자를 잘 해서 손실부터 빨리 메꿔야 한다. 이렇게 월급이 줄어서 나오면 집에 매달 송금하기가 어려워진다.

2018년 7월 2일 (월)

쳇바퀴 같은 돌려 막기

    7월이 시작되었다.
    단체보험 계약은 12월에 가장 많고, 나머지 계약도 봄에 대부분 몰려 있다. 이제 6월 입찰까지 모두 마무리되었고, 여름이 시작되면 단체보험 신계약이 거의 없다. 6월부터는 나도 영업실적을 평가받는 입장이라 소홀히 할 수가 없었다. 그러나 마음 한편에는 지난 5월 남선*미늄 종목에서의 천만 원 손실이 남아 있다.

    다시 한번 생각해도 억울한 일이다.
    한미군사훈련이 내 재산을 소멸시켜 버리다니, 북한도 훈련 좀 한다고 고위급 회담을 취소하는 것이 말이나 되는 것인가? 이미 지난 일이라 쳐도, 경협테마는 다시는 들어가지 않을 것이다. 경협주도 발표 하나에 주가 급등락이 너무 심하다.

    어제 상한가를 갔어도, 장 마감 후에 미사일이라도 한 방 쏘아 올리면 다음 날은 아침부터 큰 갭 하락으로 시작될 수 있는 것이다.

    급등락이 심한 테마주는 직장인이 해서는 안 되는 종목 같다.
    한 번의 실수로 현금 서비스까지 받아 가며 돌려 막기를 하고, 이게 뭐 하는 짓인가? 대기업 금융사 직원이 현금 서비스라니.
    어떻게 해서라도 현금 서비스만큼은 빨리 갚아야 한다.

    계약도 없는 달이니 이번 7월은 성공적인 투자를 해 보자.

2018년 7월 3일 (화)

BTX

'좋은 종목을 사 놓고, 장기 투자하라.'
말은 참 듣기 좋다. 그러나 직장인 중에서 장기 투자할 만큼 여유 있는 자금을 갖고 있는 사람이 얼마나 될 것이며, 좋은 종목이 무엇인지 명확치 않다. 결국 수익을 주는 것이 좋은 종목 아니겠는가?

작년 8월 7,600원에 JIP를 매도하고 10만 원 수익에 기뻐했었다. 그 JIP가 오늘은 26,000원이다. 4배가 오른 것이다. 계속 보유했으면 천만 원도 넘게 수익이 날 것을 그저 돈 10만 원 외식 한 번으로 끝내 버린 것이 후회가 된다.

JIP를 관심 종목에서 지웠어도 가끔 현재 시세를 보면 화가 난다. 역시 엔터테인먼트 관련 종목은 한 방이 있는 것 같다. 조아이스라는 좋은 재료를 발굴해 놓고도 기회를 놓쳤으니, 똑같은 실수를 반복하지 않으리라 굳게 다짐을 했다.

그런데 조아이스보다 더 큰 놈이 왔다. 바로 'BTX'이다. 'BTX' 기획사는 상장되어 있지 않다. 그렇지만 시장에선 엘*세미콘이 BTX 관련주로 주목받아 급등했었다. 지금 큰 조정을 받고 있기는 하지만, 그때 무서워서 못 들어갔으니, 이번에 들어가서 장기투자를 해 보자. 이번에는 정말 3~4배 상승을 목표로 버텨 볼 것이다.

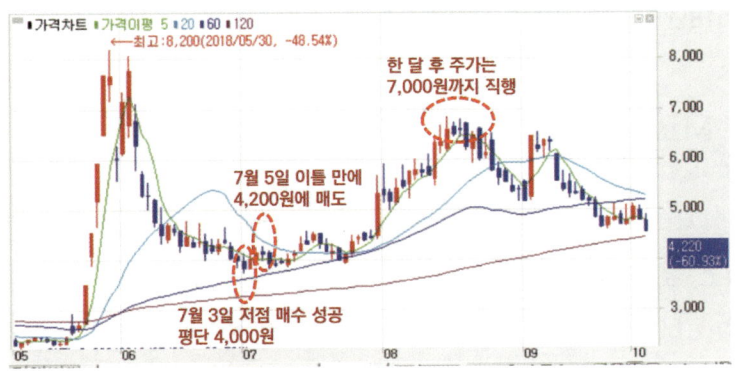

저점에서 잘 잡았다는 생각이 들었다.

고점 대비 1/2이 된 상황이고, 거래량도 점차 줄어들고 있어 어느 정도 조정 후 다시 위로 날아갈 것이라 믿었다. 그러나 개미 근성이 쉽게 사라지진 않는다. 3~4% 수익에 매도를 했고, 한 달 후 7,000원으로 올라가는 것을 바라만 보았다.

결국 저점에서 못 잡으면 쉽게 손절매를 해 버리고, 저점에서 잘 잡으면 기다리지 못해 작은 수익 후에 급등을 바라만 본다. 개인 투자자의 일반적인 근성인지, 나만의 문제인지 잘 모르겠다.

2018년 7월 5일 (목)

Miss Sunshine

'소*시대' 기획사가 20배 넘게 상승했을 때는 내가 주식을 하지 않았고, 조아이스 JIP는 저가에 매수해 놓고도 조금 오르자 바로 매도했다. 7,600원에 매도한 것이 26,000원까지 올라갈 것이라고 생각지도 못 했다.
  다시 도전했던 'BTX'도 믿을 만한 종목이었으나, 매수 후 즉시 오르지 않으니 불안해서 다른 종목을 또 검색했었다.

  주식을 매수하고는 며칠도 아니고 몇 분 동안만 오르지 않아도 불안해한다. 무엇을 얻기 위해서 이 주식시장에 들어왔는지 모르겠다.
  하락해도 불안하고, 상승하면 더 불안하다. 그냥 늘 불안하다.

  이번 주말부터 'Miss Sunshine'이라는 대작 드라마가 시작된다. 대한민국 1등 작가가 영혼을 갈아 넣어서 만들었다던 드라마, 게다가 주인공은 연기로는 욕할 것이 없는 한류 스타다.

  그런 큰 기대에 반해 주가는 오히려 최근에 하락 중이다.
  이번 주말에 첫 방송이니, 금요일까지 하락을 시켜 개미를 털고 다음 주에 큰 갭 상승으로 시작하면 완벽한 시나리오다.
  나는 이미 세력의 의도를 간파하고 있는 것 같다. '공포에 사라'고 했다. 드라마 시작을 앞두고도 떨어지는 것이 바로 공포 아니겠는가? 과감하게 엘*세미콘을 매도하고 스튜디오오래곤으로 진입했다.
  그러나 이번에도 급하게 매수한 탓인지, 찜찜함이 계속 남았다.

'습관성 매수 중독', '시장가 매수 습관' 총체적 난국이다.

한 종목을 매도했으면, 다음 종목을 천천히 고르면서 시간을 가져야 함에도 불구하고, 아무것도 사지 않으면 나만 놓아두고 주가가 상승할 것 같아서 늘 무언가를 매수한다.

그런데 이런 나의 생각은 늘 틀린다. 내가 매수하면 항상 매수가 보다 아래로 몇 번이고 내려온다. 괜히 빨리만 사는 것이다. 오늘 못 사도 내일 또 기회가 오는데 왜 꼭 오늘, 지금 사려고 하는지 모르겠다.

차트에서 보이듯이, 분할 매수만 했다면 저점에서도 일부 물량을 잡았을 것이고 손절을 고민하는 불안감은 없었을 것이다.

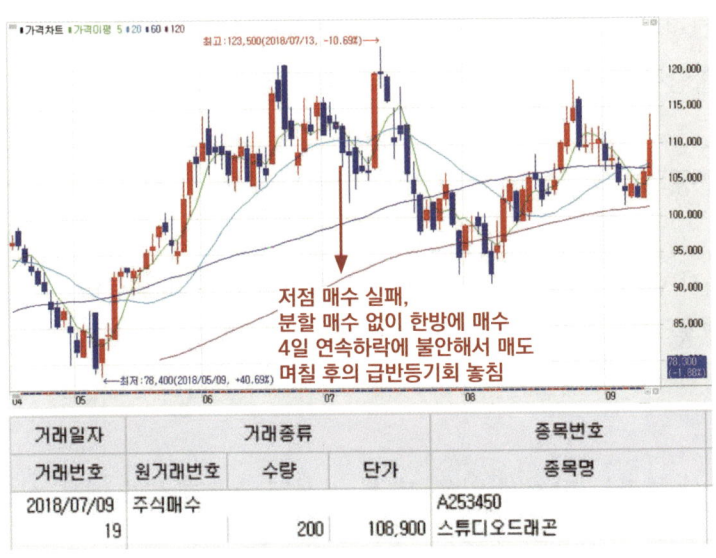

그럼에도 불구, 나는 가진 돈 모두를 이미 목요일에 밀어 넣었다. 내가 할 일은 주말에 드라마가 재미있기만을 기다리는 것뿐이다.

2018년 7월 8일 (일)

Sunshine or Moonshine

역대 최고의 제작비가 투입된 '미스 선샤인'. 게다가 내 인생 최고의 드라마, '시크한 가든'과 '따깨비'의 작가. 이 드라마는 재미있을 수밖에 없을 것이다. 영화와 같은 영상미는 더욱 매력적이었다.

그러나 1, 2화만 방영을 해서 아직은 조금 더 지켜봐야 할 것 같다. 드라마가 끝나기도 전에 바로 포털사이트 종목토론방에 접속한다. 다행히 주주들이라 그런지. 재미없다는 글보다 재미있다는 글이 많다.

어제는 확신이 안 들었지만, 오늘 방영된 2화는 다들 좋았다고 한다. 그렇지만 주가가 크게 상승할 만한 그 정도의 재미인지는 모르겠다. 불안한 마음으로 내일을 맞이하게 될 것 같다.

이 종목은 햇살이 되어 줄 것인가? 아니면 달빛으로 끝날 것인가?

다시 한번 느끼지만, 주식 투자를 시작하고 나니 세상의 모든 아픔과 고통이 나와 관련이 지어진다. 이제는 드라마조차 마음 편하게 볼 수 없고 불안한 마음으로 봐야 하는 지경에 이르렀다.

주식 투자는 단지 손익을 떠나, 정신적 스트레스가 매우 심한 행위다.
이제는 나에게서 드라마를 보는 재미마저 빼앗아 가 버렸다.

2018년 7월 9일 (월)

한 방 매수는 독약

스튜디오오래곤 주가는 종목토론 게시판 분위기와 비슷하다. 재미있다는 사람들 글이 많았지만, 그렇지 않다는 글도 공존했다. 그런데 일제 치하 역사극을 재미있게 만드는 것이 가능하기는 한 것일까?

결국 주가는 힘없이 시작해서 계속 흘렀고, 심약한 개미는 버틸 수 없었다. 지난주 금요일 10만 2천 원까지 하락했을 때 매수했다면 버틸 수 있었을 것이다. 그러나 지난주도 서둘러서 한 방에 매수했다.
결국 한 방에 매수한 결과는 또다시 손절을 안겨줬다. 반등 시 손절하라는 말도 있지만, 반등은 오지 않을 것 같았다.
60만 원 손해를 보고 전량 매도하니, 일단 속은 후련했다. 그리고 손절 후 3일째 스튜디오오래곤은 12% 반등하며 12만 원이 되었다.

거래일자	거래종류			종목번호	거래금액
거래번호	원거래번호	수량	단가	종목명	입출금액
2018/07/09	주식매수			A253450	21,780,000
19		200	108,900	스튜디오드래곤	21,781,110

거래일자	거래종류			종목번호	거래금액
거래번호	원거래번호	수량	단가	종목명	입출금액
2018/07/11	주식매도			A253450	4,456,200
12		42	106,100	스튜디오드래곤	21,139,508
2018/07/11	주식매도			A253450	16,748,000
11		158	106,000	스튜디오드래곤	0

하락을 견디지 못하면서 그것을 애써 빠른 손절이라고 포장한다.
모두 분할 매수를 하지 않아서 생긴 일인 것을 비겁한 변명을 한다.

2018년 7월 11일 (수)

해외여행

7월이라 업무가 좀 한가하다. 일단 3분기는 단체상해보험 갱신이 별로 없는 기간이라 보험사 영업 담당들과 이야기할 시간이 많다. 그래서 오늘은 부장님과 함께 빛고을 생명 김만규 차장을 만나 식사를 하고, 하반기 공정한 경쟁 영업 방향에 대해 논의하기로 했다.

"차장님, 오랜만입니다."
"어이쿠, 일진화재 부장님께서 친히 오셨습니까?"
"에이, 왜 그러세요. 어색하게."

작년까지 같이 차장으로 인사를 했던 사이인데, 우리 부장님은 올해 승진을 했고, 만규 차장은 여전히 차장이다. 그러나 기죽어 보이지는 않는다. 요즘 부장은 책임만 커지지 그리 부러운 자리는 아니다.

"휴가는 언제 가십니까?"
"이번에 캐나다 좀 다녀오려고요. 애기들 유학 중이라서."
"아 그렇습니까? 저도 가족들과 호주를 8일 정도 가려 하는데."
"신용대 과장은 어디 갈 계획이야?"
"전 아직 계획 안 세웠는데…. 해외여행은 돈 많이 드나요?"
"왜 그러세요. 일진그룹 과장님께서, 저 같은 사람도 가는데."
"결혼하고 한 번도 해외여행 안 갔어요. 돈 많이 들죠?"
"돈 벌어서 뭐하게? 맛있는 것 먹고, 재밌게 살려 버는 거지."
"하, 그러기엔 조금…."

2부 사춘기

그렇다.

송 대리는 스페인으로, 철준 씨는 네팔로, 부장님은 캐나다로, 만규 차장은 호주로…. 다들 재미있게 즐기며 살고 있다.

점심 먹는 내내 마음이 무거웠다. 아이들도 곧 10살이 되어 가는데 가까운 일본도 못 가보고 10년째 국내 여행만 다니고 있다. 물론 국내 여행도 나쁘지 않다. 특히 재작년에 갔던 백제 투어 여행은 정말 환상적인 일정이었다. 중간중간 숙박을 하며 이동하여 아이들도 힘들어하지 않았다.

군산 → 담양(1박) → 보성 → 순천 → 여수(2박) → 남원

담양의 죽녹원, 보성의 녹차밭, 순천의 순천만, 여수의 케이블카, 남원의 춘향이 그네 등등 그 어느 하나도 해외여행 부럽지 않은 훌륭한 관광지였다.

또한 작년에 갔던 고성의 아야진 해수욕장도 너무 좋았었다. 특히 오징어잡기 체험은 아직도 잊을 수 없는 재미있었던 추억이다.

그러나 그래도 해외여행과는 그 느낌이 다르다. 일단 기내식 두 번 정도는 먹는 여행을 가야 어디론가 떠나는 느낌이 들지 않겠는가?

집에 돌아와 아내에게 넌지시 물어보았다.

"여보. 우리 이번 휴가 언제, 어디로 가야 할까?"
"응? 매년 당신이 정했으니까, 올해도 당신이 정해줘."
"요즘 보니 주위에서 모두들 해외여행을 가네."

"그렇지? 안 그래도 애들도 그 이야기는 하긴 하더라."

"애들이? 뭐라고 그러는데?"

"2학년쯤 되니까 친구들도 해외여행이나, 방학 때 미국이나 캐나다로 연수 가는 애들이 조금씩 있는 것 같아."

"여행도 아니고 연수까지?"

"그래, 방학 앞뒤로 며칠 체험학습으로 하고 2개월간 연수 가더라. 그리고 휴가도 해외여행 다녀왔다고 자랑하는 친구들이 꽤 있나 봐."

"그래? 그럼 우리도 해외여행 한번 갈까?"

"당신 돈 있어? 그거 돈 많이 필요해."

"영업 나오니까 이래저래 수당도 많고, 기름값, 통신비 다 지원돼서 조금 여유는 있을 것 같은데, 만약 내가 가자고 하면 갈 거야?"

"내가 반대할 이유가 있나? 그럼 이거 내년 결혼 10주년 미리 가는 걸로 쳐 줄게. 올해 조금 무리하고 내년에 아끼면 될까?"

"무슨 소리야. 내년에 또 가면 되는 거지."

나도 모르게 질러 버렸다. 주식으로 벌어서 메꾸면 다 해결될 거다. 어차피 내가 주식으로 수익이 날 것은 확실하다. 일단 지르자. 그러면 더 열심히 투자하지 않겠는가?

2018년 7월 14일 (토)

네가 가라 하와이

결혼 9년 만에 해외여행을 가기로 결정했다.

꽤나 동남아를 검색해봤지만, 항공편만 인당 50만 원이 넘는다. 동남아여행은 저렴한 줄 알았는데, 성수기는 싸지도 않다. 그런데 하와이 항공사가 특가 할인 상품을 내놓았다. 이웃 섬까지 왕복 티켓을 주는데도 70만 원대로 저렴하다. 하와이로 가서 아껴 쓴다면 동남아 여행 비용과 비슷할 것 같다.

7월은 이미 예약 완료이기도 했지만, 성수기라 너무 비싸다. 8월 광복절 주간 일요일 출발은 가격이 저렴하여 바로 예약을 했다.

비행기는 4명으로 예약을 했지만, 숙소는 모두 2인으로 예약했다. 체크인할 때 아이들은 좀 멀리 떨어져 있으라고 하면 될 것 같았다. 엑스트라 베드는 없겠지만, 내가 소파나 바닥에서 자면 되는 일이다. 숙소 위치도 와이키키 비치에 있는 호텔로 예약하고 싶었지만, 이 역시도 조금 벗어난 곳으로 예약을 하니 조금 더 저렴했다.

예약을 끝내고 보니 항공권 3백만 원, 숙소 2백만 원, 차량 렌트 및 와이파이, 여행자 보험까지 얼추 6백만 원의 비용이 들었다.
아마 총 비용은 천만 원가량 소요될 것으로 예상된다. 그 정도면 미수거래 두세 번만 잘 해도 벌 수 있을 거라 생각했다.

과유불급(過猶不及) 지나침은 모자람만 못하다.

3부

타락기

투자에 있어서 사춘기 시절.
미수와 신용, 그리고 대출 투자까지
조금 경험을 하고 나니
이제 처음에는 두렵던
레버리지 매매에 자신감이 붙는다.

더 과감한 미수와 신용
그리고 더 큰 금액을 대출

늘 '빨리 벌어서 해결할 거야'로 다짐하지만
주식시장은 우리의 바람과 다르다.

신용과 대출을 하고 싶을 정도로
매력적인 시장이라면
그 시장은 이미 고점일 가능성이 높다.

당신의 현재 투자는 타락하지 않았는가?

2018년 8월 8일 (수)

일진그룹 임직원 제휴 대출

    7월에 예약을 한 후 출발까지 약 한 달이라는 시간이 남았었다. 주식으로 여행 경비 좀 벌어 보겠다고 무리한 거래를 몇 번 해봤지만, 손실만 계속 커지고 아직도 하와이에서 쓸 여행 경비를 마련하지 못했다.

    게다가 휴가에서 복귀하면 곧 카드 결제일이다.
    그때도 주식이 하락해 있다면 손실로 매도하는 것도 어려울 것이고, 그러다가 카드 대금이라도 연체되면 그건 더 큰 문제다.

    미리 돈을 준비해 놓아야 여행도 즐겁게 다녀올 것이고, 여행 다녀와서 바로 닥칠 카드 대금 결제 걱정을 안 할 것 같았다. 그렇지만 지금 당장 돈 나올 곳은 없고, 메꿔야 할 돈만 있는 상태다. 우선은 현금 서비스와 회사 임직원 대출을 갚아야 한다.

    한번 대출을 받아 보니 대출에 대한 두려움이 사라져 버렸다. 늘 대출을 받기 전에는 금방 갚을 수 있을 것이라고 생각하나 보다.

    너무나 자연스럽게 외근 길에 유리은행에 잠시 방문을 했다. 일진그룹 임직원 대상으로 연봉의 1.5배까지 신용대출이 가능하다. 재직증명서와 전년도 원천징수 영수증을 인쇄하여 제출하고 내 연봉인 7천만 원 정도만 대출할 생각이었다.
    그 돈으로 현금 서비스를 우선 갚고, 사내 대출도 상환할 것이다. 그리고 여행 경비로 좀 쓰고 남은 돈은 투자에 투입하기로 했다. 그런데 대출 상담 중에 유리은행 차장님이 한마디를 거든다.

"연봉 1.5배까지 되는데 받는 김에 1억 원 다 받으시죠."
"네? 연봉을 초과해서 대출받아도 괜찮을까요?"
"나중에 대출 추가는 본점이 심사해요. 받을 때 다 받으세요."

그럴 듯한 말이었다.
일단 대출은 다 받아 두고, 결정적인 기회가 온다면 짧게 투자했다가 빠르게 이익을 실현한 후에 금방 갚으면 될 일이다.

"아 그럴까요? 그럼 1억 원 다 해 주세요."
"정 필요 없으면 그냥 상환하면 되요. 그런데 돈 쓸 일은 늘 생기죠."

걱정의 말처럼 들리긴 했지만, 어찌 보면 악마의 속삭임 같기도 했다.
그러나 사실 대출해주는 은행은 고마운 것이지 잘못한 것은 없다.

실상은 욕심에 눈이 멀어 대출하는 내 자신이 바로 그 악마였다.

철준 씨 대출받을 때 내가 뭐라고 했었나?
그건 투자가 아니라 광기 어린 도박이라고 말하지 않았던가?

2018년 8월 11일 (토)

알로하

드디어 내일이면 여행 출발이다.
계좌에 돈이 두둑하니 마음이 편하다. 즐거운 여행이 될 것 같다.
이럴 줄 알았으면 좋은 호텔로 다 예약할 것을.
푼돈 좀 아낀다고 초라하게 예약한 것이 아쉽기만 할 뿐이다.

가족들 모두가 너무 기대를 하고 있다.
태어나서 처음 가는 해외여행….
아이들이 기뻐하니 아빠로서, 남편으로서 너무 자랑스럽다.
내년에는 수익을 많이 내서 더 좋은 곳으로 데려가 주고야 말 테다.

[여행 후기]

[오아후섬: 일반적으로 우리가 말하는 하와이]
- 밝고 깨끗한 분위기, 쇼핑몰도 많고 먹거리도 풍부하다.

[이웃 섬 이동: 작은 비행기로 약 45분 정도 소요]
- 빅아일랜드, 마우이 등 이웃 섬 여행이 최근 인기 급상승 중

[빅아일랜드: 거북이 해변, 검은 모래, 화산공원, 용암대지 등]
- 태초의 신비를 경험할 수 있는 천혜의 자연 관광지

2018년 8월 20일 (월)

미래 수익을 미리 소비

하와이 7박 9일 여행을 마치고 귀국길이다.

해외여행이 처음이었던 아이들은 너무나 좋아했고, 아내도 편안하게 미소를 지으며 이코노미석 의자에 기대어 자고 있다.

나도 내일 출근을 해야 해서 어떻게든 잠을 청하려고 했으나, 기쁨과 걱정이 공존하며 쉽게 잠들지 못하였다. 주식으로 돈을 벌어 해외여행을 간 것이 아니라, 주식으로 돈을 벌 것이니 해외여행을 다녀온 것이기 때문이다.

대출이란 것이 받기 전에는 무섭더니, 한 번 받으니 내 돈 같다. 최악의 경우 퇴직금에서 상계 처리하면 될 것이라고 생각해 버리니 그렇게 두렵지도 않다.

'퇴직 전까지는 대박 나서 다 갚겠지'라는 생각과 '정말 갚을 수 있을까? 못 갚으면 퇴직 후에 빈털터리인데'라는 생각이 공존하며 귀국길 내내 머릿속이 복잡했다.

출국 전에 현금 서비스는 이미 상환했고, 임직원 회사대출 2천만 원은 아직 상환을 하지 않았다. 일억을 대출받은 것이 있으니, 이번 여행 경비 1천만 원을 제외하면 약 8, 9천만 원이라는 투자 자금이 내 수중에 있다.

임직원 대출 2천만 원은 투자해서 나온 이익으로 추후 갚기로 하자.

2018년 8월 21일 (화)

충동구매, 주식쇼핑

한 손에는 부서원들에게 줄 초콜릿 박스를 들고 전철을 탔다.
초콜릿 박스가 꾸겨지지 않게 하려고 출근길 전철에서 몸을 비튼다. 그러면서 또 다시 회의감이 든다.

'정말 이렇게 10년을 더 회사를 다녀야 하는 것인가?'
그래도 회사를 가면 회사 모드로 바뀐다. 사무실에서 인사를 한다.

"알로하."
"오~ 하와이 사람 다 되었네. 재밌었어?"
"그럼요. 다음에는 음~."
"다음에는 뭐?"
"니가 가라, 하와이~ 하하하!"
"하하하!"

뭐 재밌는 게 있다고 이리 서로 떠들고 웃어야 하는지 모르겠다. 이 생활을 벗어나는 것은 결국 '경제적 자유' 외에는 없는 것 같다.

대출한 돈은 시장을 지켜보며 서서히 분할 매수하려 했는데, 오랜만에 출근을 해서 스트레스를 받은 것이었을까? 나도 모르게 충동 매수를 시작하더니 어느새 예수금 모두 매수해 버렸다. 1억 원도 넘게 매수를 해 버린 것이다.

거래일자	거래종류			종목번호		거래금액
거래번호	원거래번호	수량	단가	종목명		입출금액
2018/08/23	주식매수			A012450		24,000,000
8		1,000	24,000	한화에어로스페이스		24,001,220
2018/08/23	주식매수			A008350		25,200,000
7		20,000	1,260	남선알미늄		25,201,280
2018/08/23	주식매수			A001510		20,700,000
6		20,000	1,035	SK증권		20,701,050
2018/08/23	주식매수			A194480		7,450,000
5		500	14,900	데브시스터즈		7,450,380
2018/08/23	주식매수			A069080		20,100,000
2		1,000	20,100	웹젠		20,101,020
2018/08/23	주식매수			A041140		7,450,000
1		1,000	7,450	넥슨지티		7,450,380

물론 아무 이유 없이 그렇게 과감한 매수를 한 것은 아니었다.

여행 기간 내내 코스피와 코스닥은 하락만 했다.

터키의 리라화가 불안하여 곧 유럽 금융에 안 좋은 영향을 줄 것이고, 결국 세계 경제에 큰 악영향을 줄 것이라는 이유였다.

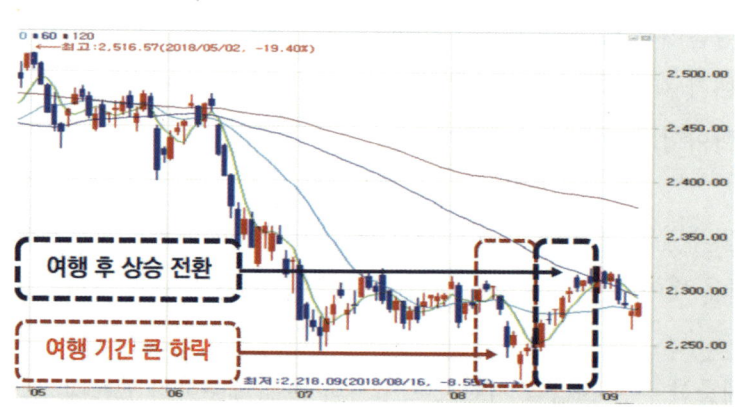

마침 여행을 다녀오니 바로 주가는 반등하기 시작했고, '나는 터키로부터 시작되는 금융 위기는 없다'에 베팅을 한 것이었다. 물론 아무런 근거나 분석은 없었다. 그냥 감이었다.

1억 원을 넘게 매수하면서 그냥 감이라니, 정말 무모하다.

그리고 퇴근길에 왜 저 종목들을 미친 듯이 샀는지 생각해 보았다. 운이 좋아 오르면 다행이지만, 매수 이유가 하나같이 한심하다. 이런 이유로 수천만 원씩 주식을 사니 손실이 안 날 수가 없었다.

[매수 사유]

한*에어로스페이스
- 주식 고수 임이배 부장께서 좋은 회사라고 했었다.

남선*미늄
- 처남이 다니던 회사다. 유력 대선후보 관련주라고 한다.

S*증권
- 친구가 다니던 회사다. 과거에 5~6배 폭등 경험이 있다.

데*시스터즈
- 내가 수년간 즐겨하는 모바일 게임을 만든 회사다.

기타 게임주
- 그냥 게임주를 더 사고 싶었는데, 내가 이름을 아는 회사다.

2018년 8월 24일 (금)

불행의 시작 과도한 신용매수

투자금이 두둑해지자 사람이 겸손을 잃기 시작한다.
마치 주식의 고수라도 된 듯하고, 작은 손실 정도는 금방 복구가 가능할 것 같아 자유로이 사고판다.

그런데 1억 원도 막상 투자해 보니 작아 보였다.
추가로 신용 매수까지 과감히 사용하며, 투자금을 늘려간다.

특히 오늘 '케키런전투'라는 신작 게임을 오픈한 데박시스터즈를 추가로 상당량을 더 매수하였고, 현금이 많이 들어오니 신용 매수도 가능해져 나의 계좌는 이젠 2억 원이 넘는 주식을 매수 완료한 상태다.

봄에 매수했던 이*전기의 손실 몇백만 원 정도는 우습게 느껴진다. 신용까지 합하여 산 투자금액의 1%만 상승해도 2백만 원, 10% 상승하면 2천만 원의 수익이 발생한다.

진작 신용매수를 알았다면 투자금이 더 빨리 증가했을 텐데.

2018년 9월 2일 (일)

빌렸으면 이자를 내야지

나는 보유 계약이 많지 않지만, 유독 남들은 다 한가한 8월에 내가 주간사를 하는 대형 계약이 3건이나 있었다. 매우 까다로운 외국계 화장품 회사와 보장금액이 너무 커서 인수승인이 어려운 건설회사 두 곳이다. 다행히도 계약은 잘 끝났다.

계약이 잘 끝났어도 솔직히 별로 기쁘지 않았다. 무슨 의미가 있겠는가? 2억 원이 10%만 움직여도 몇 달치 급여가 오르내리는데.

회사도 재미없게 느껴졌지만, 집안에서도 나쁜 아빠가 된 듯하다. 하루 종일 집 소파에 누워 휴대폰으로 주식 관련 정보를 찾아본다. 특별히 종목에 대해 공부할 의지도 없고, 역량도 없다 보니 남들이 종목 토론방에 써 놓은 글이나 읽으며 공부를 한다고 자위한다.

와이프나 아이들 눈에는 그저 아빠가 하루 종일 소파에 누워 휴대폰이나 본다고 생각되었을 것이다. 주식 손실은 가족에게서 좋은 아빠와 남편을 사라지게 만들었다.

금전적으로도 문제가 슬슬 생기고 있다. 신용으로 매수한 종목들이 매수 후 바로 하락하여 팔지도 못하고 있는데 증권사 앱에 접속해 보니 내 계좌가 미수동결 계좌라는 것이다.

나는 최근에 미수거래를 하지 않는데 미수금이 왜 생겼을까? 확인해 보니 신용 거래는 매월 초에 이자를 내야 하는 것이었다.

그래, 돈을 빌렸으면 이자를 내야지. 이자보다 더 벌면 될 일이다.

2018년 9월 12일 (수)

레버리지 효과

오늘은 신용으로 매수한 종목들을 조금씩 매도했다.
한*에어로를 신용 매수하여 10% 수익을 내고 매도하였다.
월초에 추가 납입했던 이자를 충당하고도 남는 금액이다.

이게 신용매수의 매력인 것 같다. 이자야 몇 프로나 되겠는가?
연 6~9%라고 하니 한 달에 채 1%도 안 되는 미미한 이율이다.

증권사는 이자를 받아서 좋고, 나는 수익을 내서 좋고.
주변에 신용매수를 시작했다고 말을 했더니 다들 왜 그리 놀라면서 절대 하면 안 된다고 하는지.
나는 이해가 가지 않았다.
몇백만 원 투자해서 치킨 값이나 벌려면 왜 주식투자를 하는가?
기왕 1억 원 넘게 투자를 시작하게 되었으니, '외식 값이나 벌어 보자'가 아닌 좀 더 큰 꿈을 꾸고 싶어졌다.

신용매수를 활용해서 3배만 불려 보자. 인생이 바뀔 것이다.

2018년 9월 17일 (월)

내 종목만 왜 이러지?

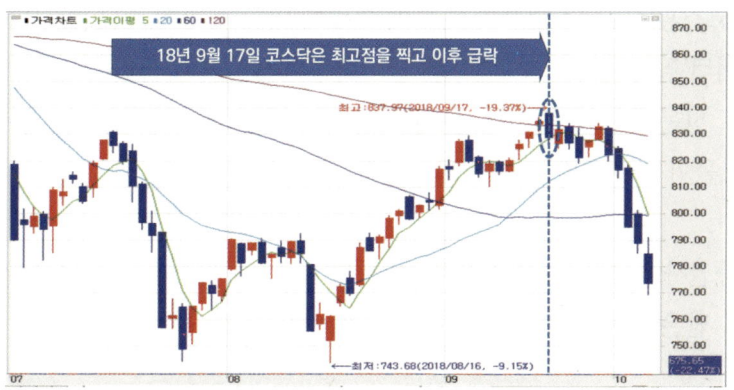

　하와이 여행을 다녀온 뒤로 코스닥은 조금씩 올라 주었고, 오늘은 장중이었지만 근래 들어 최고점을 찍어 주고 있다. 그러나 지수만 오르면 무엇을 하는가? 막상 내 종목은 하락이 심하다.
　데박시스터즈가 8월말 16,000원에서 보름 만에 11,000원까지 하락했다. 지수는 최고점인데 내 종목은 급락이다. 세상이 원망스럽다.

　새로 출시된 '케키런전투'라는 게임이 좋은 평가를 못 받는 것 같다. 나는 재미있다고 느꼈지만, 주주라서 객관적이지 못했나 보다. 시장에서 인정을 하지 않는다면 게임주는 주가 상승이 어렵다.

　임 부장이 말했던 것이 또다시 떠오른다.
　오픈 일정보다 중요한 것이 재미있어야 하는 것이라고 했는데, 기다리던 신작이 출시되었음에도 주가가 하락을 하면 정말 암울해진다. 앞으로는 당분간 호재도 없다. 조금씩 두려워진다.

2018년 10월 11일 (목)

미국은 기침, 한국은 독감

'코스피, 코스닥 지수가 하루에 이렇게 많이 하락할 수도 있구나.'
 이런 감정을 처음 느껴보는 날이다. 미국이 계속 금리를 올릴 것이라고 하는데 그것이 그리 큰 문제인가? 9월 초에 신용으로 샀던 종목 하락률이 마이너스 20%가 넘었다.

증권사에서 '신용담보 부족, 미상환 시 반대매매'라는 문자가 왔다. 처음 받은 문자였지만, 무슨 의미인지는 알 것 같았다.

지수가 -5%까지 하락한다는 것을 아직도 믿을 수 없다.

다만 누군가는 여기에서 저점 매수를 하고 있겠지. 30%는 늘 현금으로 보유하라는 말은 이럴 때를 대비하라는 것이었다.

2018년 10월 15일 (월)

담보부족, 반대매매의 시작

1억이란 돈을 입금한 지 한 달 조금 지났는데, 신용매수가 독이 되었다. 갑자기 닥친 하락에 보유 종목 모두가 큰 하락을 하게 되었다. 담보부족 문자를 받았지만 채워 넣을 돈은 없다.

담보부족금을 채워놓지 못하면 신용 보유 종목을 매도해야 한다. 140% 증거금 비율을 맞추기 위하여 이것저것 팔기 시작했다. 모두 손실을 보며 매도하는 것이다.

현금으로만 매수했다면 모든 것을 포기하고 주가가 오르기를 기다리면 된다. 생업에 충실하면서 말이다. 그러나 신용 매수자에게는 그 기다림의 시간조차 허락되지 않는다.

잠을 못 자서 피곤하지만, 자꾸 새벽에 깬다. 걱정이 많다.

2018년 10월 29일 (월)

급락 후에는 항상 더 큰 급락이

　10월 11일 엄청난 급락을 경험하고 꽤 많은 신용매수 물량을 손실을 보며 정리를 했다. 그러나 그 이후로도 반등은 크지 않았고, 월말이 되면서 지수는 더욱 급락하기 시작했다. 이유도 명확치 않다.
　그저 미중 무역 분쟁이 계속되고 있고, 달러는 강세가 되고, 터키 등 신흥국이 불안하다며 '11월 위기설' 등의 소문이 흉흉하다.

　아니나 다를까? 겨우 맞춰 두었던 담보비율 부족 문자가 또 왔다. 더 이상은 손절도 할 수 없다. 그러면 모든 것을 잃게 된다. 지난 급락이 최종 저점이라고 생각했던 내가 건방졌다. 급락은 항상 더 큰 급락을 불러오는 것인데 그걸 이제야 몸으로 체감한다.
　결국 KOSPI 2,000이 깨졌다. 이제는 믿음도 웃음도 모두 사라졌다.

2018년 10월 30일 (화)

하다하다 카드론까지

하와이 여행을 간다는 핑계로 은행에서 1억 원 대출을 받았었다. 인생을 바꿔 보겠다며 그 돈을 투자했고, 추가로 신용매수까지 했다.

확실히 인생은 바뀌고 있다. 1억 원을 투자하여 3억 원을 만들겠다는 꿈은 이루지 못 했지만 1억으로 신용 매수를 하였더니, 이젠 남은 돈이 5천만 원이 채 안 된다.

신용매수를 크게 하고, 손절도 크게 하니 보유자금이 순식간에 사라진다. 신용매수한 것을 팔면 되지 않느냐는 바보 같은 질문은 사양한다. 그것을 팔면 해당 손실 금액을 현금으로 갚아야 한다. 입금하지 않으면 현금으로 매수한 보유주식을 매도해야 하고, 그러면 결국 모든 것이 사라져 버린다.

그런데 신기하다.
대출이 처음에는 죄의식이 생기더니, 이제는 아무런 죄의식이 없다.

일진 그룹 직원은 오진 카드에서 카드론 5천만 원이 가능하다.
그러나 투자금을 늘릴 생각은 없다. 우선 담보부족금을 채우고 주가가 오르면 우선적으로 매도하여 카드론부터 갚을 것이다.

18. 　　　　　　　　　　　　30,000,000원
장기카드대출 거치후원리금균등

2018년 11월 21일 (수)

가족을 위한 카드론?

이번 달은 하반기 영업 평가 마지막 달이다.
처리할 계약도 많다. 그러나 어떻게 일하고 있는지 모르겠다.

지수가 하락하면 신용종목 담보부족 문자가 오니 집중할 수가 없다. 어디서 활동해야 할지를 고민해야 하는 시기임에도, 요즘은 어느 종목을 매도처리할지를 더 많이 고민하는 것 같다.
게다가 오늘은 월급날이다.
결혼해서 10년을 살며 단 한 번도 월급을 늦게 준 적은 없었다. 사실 월급을 보내주는 것조차도 우리 부부사이에는 로맨스가 있다.

늘 송금자 이름에 '사랑하는 남편이', '불끈불끈 남편이', '사랑하는 아내에게' 등등 사랑이 담긴 메시지를 추가하여 보내주기 때문이다. 사랑하는 아내에게 급여를 늦게 보낸다면 그녀가 불안해할 것이다.
가족을 위한 대출이라며 스스로에게 변명을 하고 결국 또다시 카드론 천만 원을 추가로 받아 집에 월급을 송금했다.

18. 장기카드대출 거치후원리금균등	10,000,000원 ⌄
18. 장기카드대출 거치후원리금균등	30,000,000원 ⌄

3부 타락기

2018년 12월 3일 (월)

코인 폭락을 보며 위안

최근 몇 개월은 주식 매매를 해 본 적이 없다. 매수한 종목이 대부분 손실 중이다 보니, 사고팔 수도 없다. 멍하니 언제쯤 본전으로 돌아갈지를 기다리는 것이 유일한 일이다.

그러나 매월 초가 되면 신용매수한 종목의 이자는 내야 한다. 손실을 매일 바라보기만 하면서 이자만 내는 존재가 되는 것이다. 신용매수는 실패하는 순간부터 증권사에게 신용 이자의 노예가 된다.

2018/12/03	자기융자정기이자출금	A041140 넥슨지티	9
2018/12/03	자기융자정기이자출금	A041140 넥슨지티	8
2018/12/03	자기융자정기이자출금	A104480 티케이케미칼	7
2018/12/03	자기융자정기이자출금	A104480 티케이케미칼	6
2018/12/03	자기융자정기이자출금	A033130 디지틀조선일보	5
2018/12/03	자기융자정기이자출금	A041140 넥슨지티	4
2018/12/03	자기융자정기이자출금	A041140 넥슨지티	3
2018/12/03	자기융자정기이자출금	A182400 에이티젠	2

월초라 고객사에 갈 일은 없다. 어차피 고객사 담당자들도 월초는 분주하고 바쁘다. 게다가 12월 아닌가? 인사팀은 인사 발령으로 고민 중이고, 총무팀은 계약 갱신으로 바쁘다.

나도 분명 바빠야 하는데, 바쁘지 않다. 찾아서 일하는 것도 아니고, 해야 할 일도 안 하고 있으니 당연하다. 일은 손에 안 잡히고, 연신 담배만 피우러 나간다. 담배는 늘 혼자 피운다. 누구와 같이 나와 떠드는 것도 귀찮다. 주식창을 보며 혼자 한숨이라도 편히 쉬는 것이 차라리 마음 편하다.

나와 비슷한 표정으로 휴대폰을 바라보는 철준 씨와 마주쳤다.

"철준, 잘 지냈어?"
"안녕하세요. 잘 지낼 일이 있겠습니까? 그냥 살아만 있는 거죠."
"뭔가 일이 있구만, 코인 문제겠네. 오늘은 얼마야?"
"오늘 4백만 원 밑으로 잠깐 간 것 같아요."
"손실이 크겠네. 그때 평단이 2천만 원 근처 같았는데."
"저 평단 9백만 원으로 낮췄어요."
"뭐? 아니, 얼마나 더 샀길래?"
"저 홍은동에 원룸 전세 살고 있던 방, 월세로 돌렸어요. 그리고 보증금 돌려받은 거 생활비 빼고 그저께 추가 매수했어요. 앞으로도 돈만 생기면 계속 비트코인 평단 낮춰야죠."

그동안 저금한 돈, 대출에 이어 전세 보증금까지 빼서 추가 매수를 했다는 철준 씨를 보니 제대로 미쳤구나 싶은 생각이 들었다. 하긴 생각해 보면 나도 은행 대출에, 카드론까지 받아서 투자했으니 남들이 알면 제대로 미쳤다고 생각하겠지. 아니 이미 미친 것 맞다.

다만 차이가 있다. 저 친구는 현금으로 매수했으니, 그저 기다리면 된다지만, 나처럼 신용으로 사서 손실 중인 투자자들은 매월 이자를 내야 하고, 담보가 부족할 경우 반대매매가 나가서 사실 신용으로 매수한 투자자가 더 불쌍하다.

18년 12월, 비트코인은 4백만 원 밑으로 하락하며 다시 한번 좌절감을 주었다. 젊은 친구들 사이에서는 '회사를 위한 1년 자원봉사'라는 단어가 유행하였다. 뒤늦게 코인시장에 참여한 젊은 친구들이 비트코인 하락으로 1년 치 연봉을 날리는 일이 많았기 때문이다.

2018년 12월 28일 (금)

최악의 18년

폐장일이다. 지난 1년을 돌이켜보면 최악의 2018년이었다.
올해 1년간 코스피는 20% 이상, 코스닥은 30% 이상 하락하였다. 수년간의 박스피를 깨며 대세 상승을 외쳤던 2017년의 기세를 몰아 2018년 1월말에 양대 지수가 화려하게 최고점을 찍어 버리고, 언론은 3,000포인트를 금방이라도 뚫을 것이라고 연일 보도했었다.
뉴스를 본 개인들이 들어오자, 시장은 1년 내내 하락만 했다.

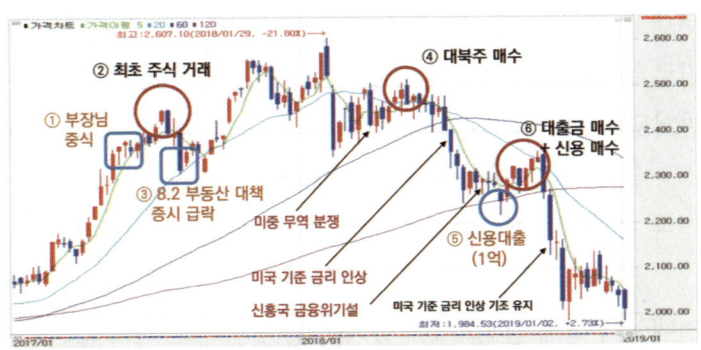

나의 투자 결과는 더욱 비참했다.
최초로 주식을 사니 8.2 부동산 대책으로 하락을 했고,
대북주를 매수하니 고위급회담 취소로 하락을 하고,
임직원 대출을 받아 투자하니 미국 금리인상으로 하락했고,
은행 대출까지 받아 투자하니 시장은 또 다시 더욱 급락했다.

그러나 급락장에서는 매수도 못하고 항상 기술적 반등에 속아 매수하니, 매도할 기회도 없이 매번 손실 상태다.

2019년 1월 2일 (수)

매월 초는 신용 매수 이자내는 날

계좌가 철저하게 박살이 났음에도 불구하고, 매월 초가 되면 신용 매수 종목의 이자는 꼬박꼬박 청구가 들어온다. 그러나 추가로 낼 현금은 없고, 결국은 보유종목 중 현금 매수 종목을 손실을 보며 매도해야만 한다.
새해 첫날 어떤 종목을 매수할지 고민하지 못하고, 어떤 종목을 매도해서 이자를 내야할지를 고민하고 있다.

그런데도 정신 차리지 못하고 신용매수를 계속할 것 같다. 신용 레버리지로 큰 금액을 매수하는 것이 습관이 되어 버리자, 가진 것도 없으면서도 소액 매수는 성에 차지 않는다. 아니 사실 소액 매수로 20~30% 수익을 내 봐야 해결될 것이 없었기 때문일 수도 있다.
그러니 계속하여 신용매수를 하는 수밖에….

오전에 시무식에 참석하였지만 사장님 말씀은 들리지 않는다. 계속 휴대폰 주식 잔고와 예수금을 보고 있었다. 증시 거래 첫날이라 희망차게 오르기를 바랐는데, 지수는 내리 꽂는다. 저가 매수 찬스일까 싶어 매수하고 싶어도 신용 이자를 납입하지 않았더니 미수금 계좌는 매수가 불가하다고 한다.

어떤 종목을 손실을 보고 매도해야 할 것인지만 머릿속에 맴돈다. 이자 낼 돈도 없는 놈이 뭘 믿고 신용매수를 했는지 모르겠다.

2019년 1월 3일 (목)

KOSPI 또다시 2,000 붕괴

오늘 보니 어제 못 산 것이 다행이라는 생각이 든다. 연초부터 KOSPI가 2,000을 또 깨면서 계속 하락한다. 올해도 큰 기대를 하면 안 되는 한 해인가 보다.

[2019년 세계 증시 상승폭 비교]

2019년은 전 세계 증시가 크게 반등했으나 한국만은 예외였다.

국가	개장일	폐장일	상승율
코스피	2,010	2,197	9.3%
코스닥	669	669	0%
나스닥	6,665	8,972	34.6%
니케이225	19,561	23,656	20.9%
대만	9,554	11,997	25.6%
러시아	1086	1549	42.6%
상하이종합	2465	3050	23.7%
프랑스	4689	5978	27.4%

[2019년 코스닥 VS 나스닥 차트]

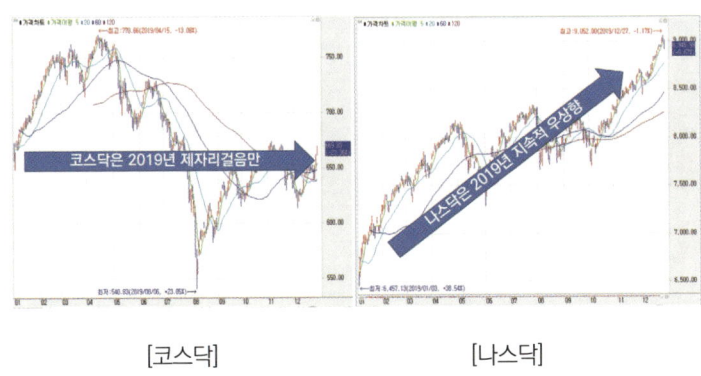

[코스닥]　　　　　　[나스닥]

2019년 2월 7일 (목)

한 달에 한 번 오는 미수 기회

　2019년 상반기는 단조로운 No 매매 투자가 지속되었다. 가진 돈 모두를 신용으로 주식을 사 버린 후 손실이 발생하면 손실을 보고 매도조차 할 수 없는 상황이 발생한다. 손실을 보고 매도를 하면 그 손실 금액을 현금으로 갚아야 하기 때문이다. 돈이 없으면 현금종목을 매도해야 하는데, 그것도 손실 상태니 매도할 수 없다.
　기다리며 이자만 내는 것, 그것이 신용 매수 실패에 대한 형벌이다.

　그래서 늘 사고 싶은 종목은 많았지만 매수할 돈은 소액에 불과했다. 그러나 한 달에 한 번씩은 나에게 꿈같은 투자 기회가 주어진다. 바로 미수로 큰 금액을 살 수 있는 미수동결 해제였다. 그렇지만 수개월짜리 신용도 물리는 사람이 사흘짜리 미수인들 성공했겠는가?

　월 1회씩 미수 거래를 반복해 봤지만, 그저 손실만 누적될 뿐이었다. 아무것도 안 하는 게 이익인 것 같다. 손만 대면 손실이다. 시간에 쫓기는 투자는 성공할 수 없다. 그것이 사흘뿐이라면 더더욱.

2019년 4월 19일 (금)

보릿고개에는 구걸밖에

　1분기는 어떻게 해서라도 이자를 내며 버티는 것이 가능했다. 연간 상여, 설상여, 연차수당 등 부가급여가 많기 때문이다.
　그러나 4월부터는 심각해졌다. 월급만으로는 이자조차 내기 힘들다. 그렇다고 월급을 제때 송금하지 못 하면 집에서 의심을 할 것이다. 절대 들켜서는 안 된다. 아내는 주식 투자를 싫어한다. 그런 아내에게 주식으로 1억 원 가까이 손해 봤다는 이야기를 할 수는 없다.
　어쩔 수 없이 만나은행으로 이직한 동기 형우에게 전화했다.

"형우야. 오랜만이다."
"용대야. 웬일이냐? 네가 전화를 다 하고?"
"오랜만에 전화하면 두 가지 이유밖에 없다면서."
"보통 결혼하니까 축의금 달라고 하거나, 돈 빌려달라는 거지."
"나는 이미 결혼했으니까."
"어? 그럼 진짜 돈 빌려달라고 전화한 거야?"
"그렇게 되었다. 정말 미안한데. 나 5백만 원만 좀 빌려줘라."
"아 나도 현금은 없는데…."
"그럼 3백만 원이라도 좀 어떻게 안 될까? 정말 급해서 그래."
"너 주식 한다더니 돈 많이 잃었나 보네?"
"응, 지금 좀 심각해서 팔 수도 없어. 한 번만 도와줘라."
"그래, 3백만 원이면 내가 마련해 볼게. 그런데 이자는 주는 거지?"
"다 알아서 잘 줄게. 내가 일단 계좌번호 문자로 보낸다."
"두 번은 못 빌려주지만, 한 번은 빌려줄게. 잘 해결해라."

2019년 5월 21일 (화)

두려운 월급날

월급쟁이는 일이 힘들어도, 월급날은 힘이 나는 것이 정상이다.
그런데 언제부터인지 월급날이 두렵기 시작했다.

작년 겨울에 카드론 받은 것이 3개월 거치 기간이 끝나서 원리금 분할 상환이 시작되었고, 임직원 대출도 매월 원리금이 빠져나간다. 4백만 원 나오던 급여가 3백만 원 이하로 나오니 버틸 수 없다. 집에 보낼 돈만 3백만 원, 카드론 상환도 250만 원이다.

지난달에 형우에게 빌린 돈도 못 갚았는데. 어쩔 수 없이 이번엔 회사에서 가장 친한 동기에게 담배 한 대 피우자고 하며 말을 꺼냈다.

"영삼아, 나 어려운 이야기 좀 해야 하는데…."
"이거 느낌 오는데, 혹시 주식으로 또 많이 잃었어요?"
"응, 봐서 알겠지만 사는 족족 손해를 보니 버틸 수가 없네."
"그러니까 기본적인 공부는 좀 하고 사요. 뭐 족집게 도사도 아니고, 그냥 느낌으로 사니까 매번 잃지."
"그래, 반성을 좀 할게. 5백만 원만 빌려줘라. 이자 쳐서 갚을게."
"됐어요. 무슨 이자야. 돈 생기면 그때 갚아요."

지난달 형우보다는 따뜻하게 말해 주니 고마울 따름이다.
이후에도 급할 때면 영삼이에게 수차례 돈을 빌린 것 같다.

2019년 7월 12일 (금)

우정마저 속이다

곧 있으면 또다시 월급날이다. 3백, 5백만 원씩 빌리는 것도 한계다. 1억 원을 투자했던 내 계좌도 5천만 원 정도 남은 것 같다.

마지막 수단을 써 보기로 했다. 대학교 때 4년간 가족처럼 붙어서 외무고시를 같이 준비했던 친구가 울산에서 큰 마트를 운영하고 있다.

그 친구 외에는 이 상황을 해결해 줄 사람이 없다고 생각됐다. 오랜만에 전화해서 돈 빌려달라 하기도 참 민망하긴 하다. 그러나 혹시 거절당하더라도 내가 크게 부끄럽지 않을 수 있는 친구다. 생각은 나중에 하고 우선 전화부터 해 보자.

"두식아. 나 용대다. 잘 지내나? 오랜만에 전화했다."
"오~, 용대야. 오랜만이다."
"사업은 어떠니? 유통업 크게 한다면서?"
"뭔 유통업이야. 그냥 동네 마트 하나 소소하게 하는 거지."
"에이, 직원이 30명이 넘는 마트 2개나 운영한다면서."
"용대 너는 어떻게 지내고? 아이들과 제수씨 다 잘 있지?"
"응, 그런데 내가 잘 있지 못해서 전화했다."
"왜? 무슨 일이야?"
"아니, 애들 학교 때문에 전세를 좀 옮겨야 하는데, 갑자기 일이 좀 꼬이면서 전세금이 1억 원 정도 부족해서 계약금 날리게 생겼다."
"그래 어떤 일인지는 잘 모르겠지만, 잘 해결되면 좋겠다."
"그래서 말인데, 나 1년만 1억 원 정도 좀 빌릴 수 있을까? 1년 후에는 다시 보증금 돌려받아서 바로 갚을 수 있는데….”

"네가 진짜 곤란한 모양이구나. 그래 내가 한번 마련해 볼게. 기운 내고, 아빠가 기운 내야 가족들도 마음이 편하지. 걱정하지 마.”

"그래, 고맙다. 사실 이런 말을 할 사람이 너밖에 없다.”

며칠 후 1억 원이 입금되었고, 영삼이에게 빌린 돈부터 우선 갚았다.

그리고 나머지 구천만 원은 상한 증권 계좌로 이체를 하였다.

5천만 원만 투자하고 4천만 원은 남겨 두려 했지만, 이번에도 돈만 생기면 주식을 매수하려는 습관성 매수 중독으로 인해 모두 송금해 버렸다.

이젠 퇴직금을 넘어서는 범위다. 실패하면 모든 것을 잃게 될 것이다.

2019년 7월 19일 (금)

새 술은 새 부대에

　상한증권에서 이미 손실 중인 종목들은 더 건들 수 없는 상태다. 새 술은 새 부대에 담아야 하는 법이다. 손실이 이미 발생한 계좌에 1억 원을 넣으면 구분이 어려울 것 같아서 오성증권 계좌를 하나 더 개설하였다.

　이 계좌에서 수익만 잘 낸다면 기존 계좌 손실까지도 어느 정도 복구가 가능할 것이다. 이제까지 너무 소형주에만 투자를 했더니 수익이 나지 않았다. 이젠 대형주로 가기로 마음을 먹었다. 대형주는 잘 모르지만, 예전 한 상신 부장이 했던 말씀이 기억났다.

　금융사 실적만 잘 파악해도 괜찮은 수익을 얻을 수 있다던 그 말. 단체보험 영업을 해 보니 H보험사 위상이 대단했다. 게다가 어린이 보험 시장도 H보험이 대부분 휩쓸고 있다. 우리 집 아이도 H보험에 가입을 했으니까 말이다.
　금리 인상기에는 보험사 종목도 괜찮을 것 같다는 생각도 들었다.

2019년 8월 1일 (목)

제 버릇 개 주나

　이번에 새로 계좌를 만든 후에는 다시는 신용거래를 하지 않겠다고 다짐을 했었다. 신용거래를 해 봐야 벌지는 못 하고 손실만 커져 갔기 때문이다.
　그러나 주식 초보자의 문제점은 자제력 부족과 착각이다. 일단 돈만 있으면 무엇이든 최대한도로 사 버린다. 그 이유는 본인이 산 종목은 반드시 오를 것이라는 착각을 하기 때문이다. 역시나 이번에도 H해상을 신용으로 추가매수를 해 버렸다. 그리고 거기서 멈추지 못 하고 남선*미늄까지 신용매수를 해 버렸다. 지난번 남북고위급회담 취소로 손실 본 금액을 찾아 복수를 하고 싶었기 때문이다.

　일단 매수를 하고 나니 또다시 불안해진다. 늘 즉흥적으로 매수를 하니 불안할 수밖에 없다. 이 정도면 일종의 정신병이다. 그러나 이유는 없는 것은 아니다. 하루라도 빨리 수익을 내서 매월 신용이자만 내고 있는 현실을 벗어나고 싶었기 때문이다.
　다행히 새로 만든 계좌가 나에게 다시 활력을 주고 있다.
　희망이란 것이 생기니 생활도 좀 밝아진다.
　전세금이라고 속여서 친구에게 돈 빌린 것은 좀 미안하지만 그래도 많이 번 뒤에 이자를 두둑이 쳐서 줄 것이라고 생각하니 그 미안한 마음조차도 금방 사라져 버렸다.

　주식으로 돈만 잃은 것이 아니었다.
　부끄러움이 무엇인지도 모두 잃은 것 같다.

2019년 12월 2일 (월)

이자 내다 거덜 날 판

몇 개월간 계속 신용이자만 내고 있다. 이때는 몰랐다.
신용매수는 한 번 실패하면 칼 같은 손절이 필수라는 것을.
매수 직후에 손실 전환이 되었음에도 '오르겠지' 하고 방치한 결과,
그저 바라만 보면서 매일 인디안식 기우제만 지내고 있다.
얼마나 많은 사람들이 이러고 있을까 생각하며 스스로를 위로한다.

거래일자	거래명	입금액	출금액	상대계좌(종목)
2019-10-01	신용이자		433,397	현대해상
2019-10-01	신용이자		56,826	남선알미늄
2019-10-01	신용이자		158,926	현대해상
2019-10-01	신용이자		61,121	현대해상
2019-11-01	신용이자		511,327	현대해상
2019-11-01	신용이자		187,929	현대해상
2019-11-01	신용이자		91,387	현대해상
2019-11-01	신용이자		9,353	현대바이오
2019-11-01	신용이자		13,216	줌인터넷
2019-11-01	신용이자		13,549	현대바이오
2019-11-01	신용이자		18,297	까스텔바작
2019-12-02	신용이자		423,827	현대해상
2019-12-02	신용이자		18,973	현대바이오
2019-12-02	신용이자		26,808	줌인터넷
2019-12-02	신용이자		32,325	현대바이오
2019-12-02	신용이자		71,188	까스텔바작
2019-12-02	신용이자		22,791	줌인터넷
2019-12-02	신용이자		10,805	줌인터넷
2019-12-02	신용이자		12,080	현대건설

2019년 12월 31일 (화)

역병의 전조

또 한 해가 지난다. 영업 2년차가 되는 것이다. 최근 2년은 사실 영업이 힘들고 바쁜 줄도 모르고 지난 것 같다. 회사마저 없으면 버틸 수 없는 처지가 되었으니 더 열심히 일했을지도 모르겠다.

지난 2년, 항상 매수하는 당일부터 손실이 발생하였고, 대출을 받아 매수하면 더 큰 손실이 발생하였다. 현금 매수로 부족하여 신용으로 매수하면, 금방 신용담보 부족금을 메꾸기 위해서 손실을 보며 매도하고, 월급날은 집에 줄 월급이 부족하여 여기저기 돈을 빌리러 다니게 되었다. 마지막이라며 마음먹고 친구에게 거짓말까지 하며 1억 원을 빌려 투자한 결과도 현재는 꽤 크게 손실 중이다.

제휴 은행에서 1억 원을 대출받아 투자한 계좌는 현재 3천만 원만 남았고, 친구 돈을 빌려서 새로 만든 계좌는 3억 원을 넣어서 현재 7천만 원이 남았다.
결국 2억 원을 넣고 1억 원이 남은 것이다. 300만 원으로 외식값이나 벌어 보자고 시작했던 내 투자금이 언제 이렇게 커졌는지도 의문이고 짧은 시간에 이렇게 손실이 났다는 것도 믿기지 않는다.

중국에서는 또다시 SARs 비슷한 폐렴인지 감기가 유행한다고 한다. 영업하는 사람은 감기에 걸리면 고객사에 방문하는 것도 민폐다.
주식도 주식이지만, 건강에 더 신경을 써야 할 시기인 것 같다.

2020년 1월 20일 (월)

국내 1호 확진자 발생

중국 우한에서 폐렴 환자들이 많이 발생했다고 하더니, 결국 우리나라에도 폐렴에 걸린 채 입국하던 중국인이 확진자로 최종 판정되었다고 한다.

짧은 비행시간이긴 해도, 같은 비행기를 탄 승객들은 전염되었을 가능성이 높아 보이는데, 전염성이 높은 감기라고 하니까 결국 우리나라도 조만간 폐렴 환자가 발생하지 않을까 싶다.

예전 SARs 때도 주가 하락이 컸다고 들었는데, 이번 폐렴은 그냥 조용히 지나갔으면 좋겠다.

인터넷을 보면 중국인을 입국 금지를 하니 마니 이런 이야기도 있기는 하지만 글로벌 시대에 통째로 입국 제한은 솔직히 어려워 보이고, 결국 우리나라도 저 감기에 노출이 되긴 될 것 같다.

각별히 조심해야겠다. 영업 담당이 고객사 가서 기침이나 하고 있으면 안 될 테니까 말이다.

2020년 1월 28일 (화)

그냥 감기가 아닌데?

뭔가 심상치 않다.
어제 뉴스를 보면 코로나 바이러스 환자가 나라별로 몇 명씩 발생은 하고 있긴 하지만, 그리 많은 숫자는 분명 아니었다.

코로나바이러스 감염증 발생 현황: 확진 2,013명, 사망 56명
중국 1,975명(사망 56명)
미국 2명, 프랑스 3명, 한국 3명, 일본 3명 등
* 자료 출처: 질병관리청

확진자는 몇 명 안 되는데 우리나라 증시가 미친 듯이 하락한다. 코스피가 -2.4%로 시작하더니 결국 -3.1%로 장이 종료되었으며, 코스닥은 -3.6%로 시작을 하고, 그나마 반등해서 -3%로 끝났다.

단지 지수 하락이 문제가 아니다.
면세점, 엔터, 항공, 여행 등 중국과 조금이라도 관련이 있는 종목은 모두 -10% 가까이 하락했다. 내 종목도 평균 5~6% 모두 하락하여 그나마 기대하던 손실 복구 가능성마저 모두 사라져 버린 수준이다.

얼마나 더 오랫동안 이자를 내며 버텨야 할지 갑갑해 오기 시작한다. 아니 내가 계속 이자는 낼 수 있을지 그게 더 문제일 수도 있다.

2020년 2월 24일 (월)

발화점은 종교 집회

주식투자를 시작하고 처음 1년은 일요일 저녁이면 늘 월요일을 기다렸다. 빨리 동시호가가 움직이는 모습을 보고 싶었기 때문이다. 그러나 최근 들어서는 월요일이 두렵다. 최근에 지수가 가장 많이 하락했던 날들은 대부분 월요일이다.

주말에 잔뜩 나쁜 뉴스를 다 쏟아내고, 월요일 아침부터 급하락으로 출발하더니 손절 타이밍도 주지 않았다. 오늘은 특히 더 심하다.

종교 집회 이후 확진자가 기하급수적으로 증가하였다고 하고, 대구 경북 681명을 포함하여 확진자가 전국에 총 800명을 돌파하였다. 코로나 대응 위기 경보는 이미 최고 단계인 심각 단계로 격상되었고 기업들은 사업장을 일시 폐쇄하고, 재택근무로 전환하는 곳도 있다.

말이 필요 없었다. 코스피는 -3.87%, 코스닥은 -4.3% 하락이다. 내 계좌도 결국은 하락을 견디지 못하였고, 결국 신용담보부족으로 몇 개 종목을 강제 매도할 수밖에 없었다.

그런데 이게 왠지 끝이 아닐 것 같아서 더 불안하다.
아니 불안한 정도가 아니라, 공포감이 들기 시작한다.
이제까지와는 차원이 다른 무언가가 다가오는 그런 느낌이다.

2020년 2월 28일 (금)

다우지수 하락 신기록 경신

다우지수는 약 130년 전에 만들어졌다고 한다. 어제 다우지수는 단 하루만에 -1,190포인트(-4.4%) 하락하였고, 그것은 130년 역사상 가장 큰 하락이었다고 한다. 지난번 하락 기록을 경신했다.

뉴스를 보니 눈가에 경련이 오는 것 같고, 이명도 들리는 것 같다. 담보비율 140%가 안 된다는 문자 받는 것이 이제는 두렵다. 오늘은 우리나라가 분명 미국을 따라서 급락할 텐데….
월말 마감으로 정신이 없을 날이라, 주식창을 봐서는 안 될 것 같다. 대신 담보부족금을 어디서 끌어올지 그거나 미리 생각해 두자.

다행히도 하늘이 도왔다. 내가 가장 많이 갖고 있는 H해상은 어제 꽤 급등을 했고, 오늘도 약간의 하락만 나왔을 뿐이다. 보험주가 경기방어주라고 하더니, 그나마 불행 중 다행이다. 담보부족금은 없다. 금리 인상기에는 확실히 보험주가 구세주였다.

일자	DOW	NASDAQ	KOSPI	KOSDAQ	현대해상
20.02.28	-1.39%	0.01%	-3.30%	-4.30%	-1.95%
20.02.27	-4.42%	-4.61%	-1.05%	-2.51%	6.96%
20.02.26	-0.46%	0.17%	-1.28%	-0.35%	-1.82%
20.02.25	-3.15%	-2.77%	1.18%	2.76%	-1.79%
20.02.24	-3.56%	-3.71%	-3.87%	-4.30%	1.82%
20.02.21	-0.78%	-1.79%	-1.49%	-2.01%	-0.90%
20.02.20	-0.44%	-0.67%	-0.67%	-0.46%	2.55%

2020년 3월 9일 (월)

써킷 USA

얼마 전에도 한 번 글을 썼지만, 이젠 월요일이 두렵다.
주식 투자를 하기 전에는 그저 출근을 한다는 사실이 짜증났지만, 최근 한두 달은 월요일 아침 해외 뉴스가 너무 공포스럽다.

코로나라는 것이 얼마나 대단한 병인지는 모르겠으나, 지난 2월말 그렇게 큰 폭락이 있었음에도, 오늘도 증시는 또 급락하며 시작한다.

주식을 처음 했을 때가 기억난다. 코스피는 -2% 빠지는 날도 거의 없었는데, 요즘은 좀 많이 빠졌다 싶으면 -4% 이상도 자주 하락한다.

그러나 누가 알았겠는가?
오늘의 -4% 하락, 이것은 그저 시작에 불과하다는 것을….

일자	KOSPI		KOSDAQ		DOW	NASDAQ
20.03.18	1,591.20	-4.86%	485.14	-5.75%	-6.30%	-4.70%
20.03.17	1,672.44	-2.47%	514.73	2.03%	5.20%	6.23%
20.03.16	1,714.86	-3.19%	504.51	-3.72%	-12.93%	-12.32%
20.03.13	1,771.44	-3.43%	524.00	-7.01%	9.36%	9.35%
20.03.12	1,834.33	-3.87%	563.49	-5.39%	-9.99%	-9.43%
20.03.11	1,908.27	-2.78%	595.61	-3.93%	-5.86%	-4.70%
20.03.10	1,962.93	0.42%	619.97	0.87%	4.89%	4.95%
20.03.09	1,954.77	-4.19%	614.60	-4.38%	-7.79%	-7.29%
20.03.06	2,040.22	-2.16%	642.72	-1.15%	-0.98%	-1.87%

이날 미국 3대 시장 모두 장중 -7% 하락으로 써킷브레이크 작동.
다만 3월 18일까지 미국은 적어도 상승과 하락이 반복되었지만, 한국은 큰 반등 없이 지속적으로 하락했다.

2020년 3월 11일 (수)

배수의 진인가, 동귀어진인가

나는 증권 계좌를 2개 운영하고 있다.

하나는 내가 대출을 받은 돈을 넣어 운영하는 계좌이고,
하나는 친구에게 빌린 돈을 넣어 운영하는 계좌다.

이제는 2개 계좌 모두 담보부족이라 동시에 운영은 한계에 봉착했다. 일단 한 개 계좌를 어느 정도 정리하였다. 상한 증권 계좌는 대부분 손절하여 현금 7백만 원을 마련했다. 1억이 들어 있던 계좌였다. 이자도 안 되는 돈이 남은 것이다.

거스름돈 같은 금액을 오성증권으로 이체해서 한 개 계좌라도 담보 비율을 맞췄다. 하락이 쉽게 끝날 것 같지 않을 것 같다고 판단하고, 현금서비스까지 받아 생활비를 먼저 챙기고 남은 금액을 송금했다.

현금이 있으면 또 매수할 것 같아 신용종목을 현금 상환하였다. 동원 가능한 현금을 모두 밀어 넣었고, 이젠 기다리는 것 외엔 방법이 없다. 배수의 진이 될 것인가? 동귀어진이 될 것인가?

동귀어진으로 결론이 나면 나는 이 세상 사람이 아닐 것 같다.

2020년 3월 18일 (수요일)

잠 못 드는 밤 나스닥은 내리고…

새벽 2시 18분.
잠이 오질 않는다. 나스닥이 -8% 급락 중이다.
어제는 나스닥이 6% 반등하며, 코로나 공포장이 끝나는가 싶었지만, 오늘 또다시 큰 폭으로 하락 중이다.
이대로 나스닥이 마감된다면 내일 한국 증시는 끝이다.

아니 한국 증시가 끝나지는 않겠지.
끝나는 것은 내 계좌일 뿐.
계좌가 끝난다는 것이 설마 내 인생도 끝난다는 의미일까?
이틀 후 반대매매가 나가 버린다면 극한 상황도 생각해 봐야 한다.
빚쟁이 아빠가 되어 아내와 두 딸의 원망을 견디며 살 자신이 없다.

이제 와서 고백해 봐야 바로 이혼하자고 할 것이다. 이혼해 주기도 미안하다. 위자료는 고사하고 남겨 줄 것은 빚밖에 없다. 금융권 외에 개인적인 빚도 있는데, 그것까지 알게 된다면 죽어서도 원망을 듣겠지? 보험금으로도 빚을 다 갚을 수 없는데….

보험회사 10년을 다녔어도 지금은 가입된 보험조차 몇 개 없다. 돈이 필요할 때마다 하나씩, 하나씩 대부분 해약하지 않았던가?

회사 단체상해 보험과 노동조합에서 나오는 위로금도 좀 있을 테니, 여러 가지 해결책을 진지하게 고민해 봐야 할 시점이다.

어제는 카드론, 오늘은 최후의 보루였던 신용카드 현금 서비스까지 최대한 인출하여 신용담보비율 140%를 겨우 맞춰 두었다.

그러나 내일 또 하락하면 더 이상 버틸 방법은 없다.
온갖 대출로 2억 원 넘게 넣었던 계좌가 3천만 원이 되어 버렸다.
대기업을 다니니 왜 그렇게 대출받기가 쉬웠던지, 무엇을 믿고 나에게 2억 원 넘게 빌려준 것일까?
대출로 투자하여 손실이 발생한 이후 단 하루도 편히 잠들지 못했다. 지금은 신용등급 하락으로 더 이상의 대출도 안 된다.

대출받은 돈으로 신용매수까지 해 왔으니 누가 봐도 미친 짓이었다. 여윳돈으로 투자하는 것이 주식투자라고 했는데, '인생 한 방'이라는 구호에 모바일 포커 게임하듯 레이스했다. 누구도 공감하거나 동정 못 할 그런 투자였다. 아니 광기 어린 도박이었다.

대출로 몇억 원을 투자하면서도 이런 급락장은 예상조차 해 본 적이 없다. 수개월간 돌려 막으며 담보 부족금을 메꿔 왔지만 이제는 정말 끝이다. 미수, 신용, 대출 투자는 패가망신의 지름길이라고 여러 번 들었지만, 그걸 이제야 온몸으로 깨닫는다.

오만 가지 생각으로 잠 못 이루는 밤이다.

- 코로나 급락장이 최고조에 달했던 그날 밤에 쓴 일기

2020년 3월 19일 (목)

평생 다시는 못 볼 급락

오늘은 KG 남기순, 트러스 최경우, 빛고을 김만규 차장님과 중식이 있다. 강남역 해장국 집에서 내장탕을 먹고 KG보험 옆 2층 커피숍으로 향했다. 커피가 나왔음에도 한동안 서로 아무런 대화가 없었다. 모두 휴대폰을 보며 한숨인지, 시름인지 앓는 소리만 하고 있었다.

어제 나스닥 급락으로 오늘 한국장을 대충 예상은 했지만, 이 정도까지는 상상을 못 했다. 코스닥 지수가 장중 -14% 가까이 빠졌다. 지수가 말이다. 지수가…. 개별 종목이 아니라 지수가 -14% 빠진다는 것은 상상조차 못했다. 모든 종목이 하한가 근처까지 밀려 있다. 한숨조차도 쉬어지지 않을 정도의 공포이다.

이런 공포가 몇 번이나 더 남았는지 몰라서 두렵기 시작한다.

2020년 3월 23일 (월)

잔인했던 확인 사살

지난주는 평생 경험하지 못했던, 가장 두려운 한 주였다. 내 인생에 그런 위기가 또 있었을까? 2억 원을 투자해 절반이 된 상태에서, 또 급락장이 온 것이었다. 심지어 신용매수까지 해 둔 상태인데.

그래도 주말은 편히 쉬라고 지난 금요일 한국은 큰 반등을 해줬고. 야간에 미국 시장만 조금 안정화된다면 안심할 수 있는 상태였다. 배수의 진이 성공을 했다고 생각이 들 만큼 적절한 시점에 반등이다.
물론 이제까지 투자한 금액의 20%도 채 안 남았지만, 이거라도 못 지키면 나는 마지막 희망조차 없다. 일단 살아남아야 했다.

그러나 나의 그런 희망은 금요일 밤 모두 사라져 버렸다. 살인마가 떠난 줄 알고 안심을 했는데, 그 살인마가 다시 돌아와서 생존자를 하나하나 골라가며 확인 사살을 하는 듯한 그런 모습이었다. 금요일 미국시장은 다시 급락했고, 오늘 월요일 한국시장은 또다시 초토화가 될 것이다. 과연 나는 살아남을 수 있을까?

일자	요일	KOSPI		KOSDAQ		DOW	NASDAQ
20.03.20	금	1,565.15	7.44%	467.75	9.20%	-4.55%	-3.79%
20.03.19	목	1,457.64	-8.39%	428.35	-11.71%	0.95%	2.30%
20.03.18	수	1,591.20	-4.86%	485.14	-5.75%	-6.30%	-4.70%

한국은 3.20(금)에 크게 반등을 하였으나, 미국은 그날 밤 다시 급락

아니나 다를까 코스피는 시작부터 -5% 이상 급락 중이다.

배수의 진이라고 생각했던 내 생각은 결국은 동귀어진이었다. 보유 현금 모두와 나의 마지막 희망마저 모두 끝나 버리는 하루였다.

처음부터 희망이 없었다면 이렇게 좌절하지는 않았을 것이다. 크게 반등하며 이젠 살았구나, 안심하고 있을 때 다시 찾아온 급락은 나를 비롯한 많은 주식 투자자들에게 마지막 희망을 빼앗아 가버렸다.

일자	요일	KOSPI		KOSDAQ		DOW	NASDAQ
20.03.23	월	1,482.46	-5.34%	443.76	-5.13%		
20.03.20	금	1,565.15	7.44%	467.75	9.20%	-4.55%	-3.79%
20.03.19	목	1,457.64	-8.39%	428.35	-11.71%	0.95%	2.30%
20.03.18	수	1,591.20	-4.86%	485.14	-5.75%	-6.30%	-4.70%

나도 이제는 더 버틸 수 없다. 반대매매 안내 문자 메시지가 온다. 내일은 화요일, 단 하루 남았다. 화요일마저 또 하락을 해 버리면, 이번엔 진짜 반대매매다.

신용매수만 아니었어도 버틸 수는 있을 것 같았는데, 신용매수가 많은 상태에서 반대매매가 나가 버리면, 모든 예수금이 사라질 것이다. 결국 신용매수는 해서는 안 되는 투자였다.

코로나에 걸리지는 않았지만, 이미 나는 그것보다 더 중증 환자였다. 낮에는 무서워서 못 쳐다본 계좌를 퇴근길에 살펴본다. 회사에서는 차마 볼 수가 없었다. 솔직히 지금 접속하는 것도 무섭다.
상한증권 계좌의 손익화면을 조회해 보니 손실액이 8,400만 원이다. 오성증권 계좌 하나만 살리자고 결심하고 잔액도 거의 이체해서 상한증권 계좌는 현금이 거의 없는 깡통 계좌다.

상한증권에서 보낸 돈으로 급히 막았던 오성증권 계좌는 겨우 살려 놓았으나, 여기도 코로나 급락장을 피해 갈 수는 없었다. 친구에게 빌린 1억 원 외에도 현금 서비스, 카드론까지 추가로 채워 총투자 원금이 1억 3천만 원까지 되었고 손실액은 9천만 원이었다.

역시 과도한 신용투자의 결과였다. 신용투자 밑천마저 대출금이었으니 코로나 급락장이 하루 이틀만 더 진행되었다면 이 계좌도 깡통 계좌가 되었을 것이고 나는 모든 것을 다 잃게 되었을 것이다.

본인 돈을 잃는 것과 빌린 돈을 잃는 것은 그 체감이 다르다.

이 책의 독자들은 진심으로 빌린 돈으로 투자하지 않길 바란다. 불안해서 대박이 날 때까지 계속 보유하기도 어려울 것이고, 손실이 발생하면 불안해서 손절이 반복될 것이고, 손실이 커져 가고 있다는 것을 깨달을 때는 이미 세상이 지옥일 것이다.

4부

각성기

이제야 깨닫게 되었다.
이 곳은 결코 치킨 값이나 벌기 위해 오는 곳이 아니었다.

개인 투자자는 세렝게티의 임팔라 같은 삶을 살아야 한다.
물 한 모금 마시기 위해서도 목숨을 걸어야 하는 곳이다.

우리는 세렝게티보다도 더 무서운 주식 시장에 들어오면서
그 위험성을 전혀 인지하지 못한 채 투자를 시작한다.

악어나, 사자, 하이에나도 분명 무서운 존재이지만
공매도, 작전세력, 전문 단타꾼은
최첨단 장비와 정보를 이용하여
우리 개인 투자자를 호시탐탐 노리고 있다.

임팔라는 한 번에 죽으면 그만이지만,
주식 투자자는 오랜 시간 피를 말리며,
가족 모두가 피해를 입는다.

임팔라가 물을 마시는 심정으로 목숨을 걸고 매수 매도하라.
주식 시장은 세렝게티보다 훨씬 더 무서운 곳이다.
급락장을 체험하기 전까지는 깨닫지 못할 수도 있겠지만….

2020년 3월 25일 (수)

Dead Cat Bounce?

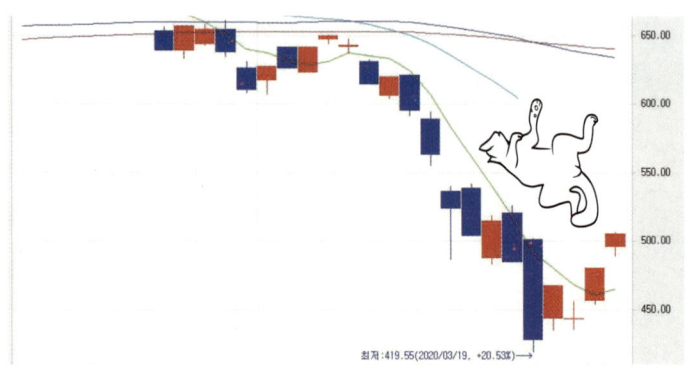

　'Dead Cat Bounce'라는 단어가 있다. 높은 곳에서 떨어진 고양이는 떨어지며 이미 죽었지만 떨어지는 반동으로 인해 살짝 공중으로 다시 튀어 오른다는 뜻이다. 그러나 무엇이 되었든 잠시라도 튀는 그 순간이 정말 다행이었다.
　담보부족이 0회차가 되었기 때문이다. 담보부족 1회차가 떠 있으면 아무것도 할 수가 없다. 어제도 하락했다면 내 계좌는 나와 함께 세상에서 사라졌을 것이다.
　그런데 세상 끝날 것처럼 하락했던 주식 시장은 언제 그랬냐는 듯 어제와 오늘 대단한 급등을 했고, 담보비율도 꽤 올라가게 되었다.

　코로나로 인한 하락 속도보다 반등하는 상승속도가 훨씬 빠르다. 이것을 Dead Cat Bounce로 봐야 할지? 추세 반등으로 봐야 할지? 홀짝처럼 단순하지만 이 판단 하나가 내 인생을 결정지을 것이다.

2020년 3월 28일 (토)

운기조식 (運氣調息) : 호흡을 통하여 기를 복구하다.

"여보, 나 다음 주 마감이라서 회사 좀 나가야 할 것 같아."
"토요일에 출근하는 거 오랜만이네. 그래 잘 다녀와."

지난 2주간 너무나도 힘들었다.
하루하루가 패닉이었고, 그 마지막 남은 3천만 원을 지켜보겠다고 카드론, 현금 서비스, 보험 해약 등 해 보지 않은 게 없었다.
먼 훗날 내가 죽을 때 인생에서 가장 힘들었던 순간을 묻는다면 아무 망설임 없이 지난 2주였다고 답할 것이다.

그러나 나는 살아남았다.
아직은 일말의 가능성이 있다. 3천만 원으로 3배를 만들면 1억이 될 것이니 친구 돈은 해결될 것이고, 그 1억으로 다시 2배를 만든다면 내가 빌린 대출도 해결이 될 것이다.

다만 복기가 필요하다.
도대체 무엇이 잘못되었길래 나는 계속 잃기만 하는 것일까? 코로나 폭락장에서도 진단키트 종목은 2~3배 상승했다.
또한 '곱버스, 인버스'라는 것을 투자한 사람들도 큰 수익을 봤다. 돈을 잃는 것은 시장 탓도 있겠지만 결국은 내가 멍청하기 때문이다.

오늘은 아이들과 놀아 줄 수 없을 것 같다. 회사에 가서 정신을 집중하고 많은 생각을 좀 해 보자. 주말의 회사는 조용히 생각하기에 최적의 장소이다. 주식을 처음 시작했을 때부터 차근차근 생각해 보자. 내 투자에 무엇이 잘못되었을까?

첫째. 난 그저 외식 비용 정도만 벌고자 투자를 시작했다. 그런데 돈을 잃자 대출까지 끌어오며 무리하게 파이를 키웠다.

둘째. 임이배 부장이나, 송 대리가 공부가 필요하다고 했음에도 한 번도 공부를 한 적이 없고, 심지어 재무제표도 본 적이 없다.

셋째. 기업에 투자를 한 것이 아니고 오로지 돈을 벌려고만 했다. 그 기업이 어떻든 그저 올라갈 것 같은 종목만 매수했다.

넷째. 쌀 때 사서 비쌀 때 팔라고 했지만 한 번도 싸게 산 적이 없다. 늘 상승하는 종목을 추격 매수했고 분할 매수 없이 한 방 매수였다.

다섯째. 나를 이렇게 망친 것은 사실 무리한 신용 매수가 컸다. 현금으로 매수한 종목을 신용으로 같이 매수해 버리니 하락을 하면 남들의 3배 이상의 충격이 빠르게 왔다.

여섯째. 올라가지도 않을 종목을 잡고 몇 개월, 몇 년간 붙잡고 있었다. 신용으로 매수를 해 놓았으니, 그 기간의 이자 손실도 꽤 컸다.

일단 나는 살아남았다. 호흡을 가다듬고 다시 한번 일어설 것이다. 죽음에서 살아 왔으니 더 나빠질 것도 없다.

살아남기 위해서는 공부를 해야 할 것 같은데, 나이 마흔 다 돼서 공부를 하려니 막막하다. 그런데 철준 씨는 주로 카페와 유튜브로 공부를 한다고 했다. 카페보다는 영상이 재미있을 것 같아 유튜브를 나의 학습 수단으로 삼기로 결심했다. 그리고 사무실에 앉아 이런저런 유튜브를 검색해 보았다. 대부분 종목추천이나 차트 분석법에 관한 이야기라 재미가 없었는데, 마침 직장인이 운영하는 채널을 발견했다.

첫째. 텐앤트TV(2020년에는 10개미TV)

이 채널은 나와 매우 성향이 비슷하다. 망설임이 없다. 본인 생각에 확신을 갖고 지르기에 큰 후회도 하지 않는다. 그는 코로나 급락 후 반등 중이지만, 향후 전망은 매우 부정적이라고 보고 있다.
Dead Cat Bounce가 끝나면 더욱 하락할 것에 베팅을 하였고 인버스와 곱버스에 투자 중이다. 볼수록 나와 성향이 비슷하다.

둘째. 현실주의자TV

이 사람 방송을 보면, 시장이 겁을 많이 줬고 큰 하락은 있었지만 시장은 반등할 것이라 생각한다. 다만 모두 다 오르지는 못할 것이고 상승하는 테마를 찾아 거기에 투자를 하면 성공할 수 있다고 한다.

다른 방송인들은 너무 전문가이거나 어렵다는 느낌이 들었는데 이 2개 채널은 직장인들이 운영하는 채널이라 더욱 신뢰가 갔다. 출퇴근 길에 자주 봐야겠다.

2020년 3월 31일 (화)

선배의 추천 종목과 재무제표

오늘은 보유 중인 H해상을 매도하여 예수금을 마련하고 동문회에서 선배가 추천했던 종목을 매수했다. 물론 이 회사에 대해서는 전혀 모른다. 선배가 추천하니 샀을 뿐. 그런 폭락장을 겪고도 나는 아직 크게 변하지 않았나 보다. 공부를 하긴 한 것인지 모르겠다.

거래일자	거래명	종목명	수량	단가	거래금액
2020-03-31	융자매수	큐리언트	500	18,250	9,125,000
2020-03-31	융자매수	큐리언트	340	18,950	6,443,000
2020-04-01	융자매수	큐리언트	240	19,900	4,776,000
2020-04-02	융자매수	큐리언트	240	22,250	5,340,000

신용매수 버릇도 전혀 고쳐지지 않았다. 운이 좋았는지 매수 3일 만에 꽤 괜찮은 수익을 얻었다. 수익다운 수익을 맛본 게 몇 달 만인지, 몇 년 만인지. 기억도 안 난다.

그러나 재무제표를 본 이후로 다른 종목으로 옮기게 되었다. 만일 재무제표를 보지 않았다면 이 종목에서 장기간 마음고생을 할 뻔했다.

2020-04-02	융자매도	큐리언트	600	22,300	13,380,000
2020-04-02	융자매도	큐리언트	187	21,150	3,955,050
2020-04-02	융자매도	큐리언트	53	21,200	1,123,600
2020-04-02	융자매도	큐리언트	94	21,200	1,992,800
2020-04-02	융자매도	큐리언트	143	21,250	3,038,750

2020년 4월 3일 (금)

쫄리면 뒈지시던지

출퇴근길에 주식 관련 채널의 영상을 보는 재미가 쏠쏠하다.

10개미 TV는 반등이 일시적이며, 더 큰 하락이 올 거라고 한다. 현실주의자 TV에서는 곧 테마주가 부각되는 시기가 올 거라고 한다.

지금 장세는 저 2개의 채널처럼 상승론과 하락론이 계속 난타전을 벌이고 있다. 그러나 곱버스를 매수하려면 한국금융투자협회 금융투자교육원에서 레버리지 ETP라는 교육을 수료(수강료 3,000원) 해야만 하여 나는 아직 매수 자격이 되지 않았다. 어쩔 수 없이 그냥 상승론자가 되기로 했다.

그런데 상승론자였던 현실주의자 TV는 들으면 들을수록 대단했다. 바쁜 직장인이며 대기업 전략 기획실 정도에 근무하는 사람 같은데, 다방면으로 유식하고 부서 회식이 있는 날에도 청취자들을 위해 새벽에도 영상을 만들어 올리는 사람이다.

지금 생각해 보면 이 사람이 내 인생을 바꿔 준 사람인 것 같다. 직장을 다니며 이렇게 열심히 투자에 대해 공부하는 사람조차도 손실이 발생하는데, 아무것도 모르는 내가 무엇을 믿고 그 큰 금액을 겁도 없이 투자를 해 온 것인지. 스스로 너무나 부끄럽고 반성하는 계기가 되었던 좋은 채널이었다.

2020년 4월 6일 (월)

각성의 시작

이제는 출퇴근 시간이 짧게 느껴진다. 주식 관련 채널을 여러 개 시청하니 슬슬 느낌이 오기 시작한다.

한국 주식시장	
시가총액	2,502조원
코스피	2,102조원
코스닥	395조원
코넥스	5조원

미국 개별종목	
애플	2,938조
마이크로소프트	2,525조
알파벳	1,888조
아마존닷컴	1,562조

시장을 공부하면 할수록 우리나라는 정상적인 시장이 아니라는 생각이 든다. 아니 비정상이라는 표현보다는 현물시장이 너무나 작다. 애플, MS 1개 기업만 팔아도 한국 주식 모두를 사고도 돈이 남는다. 그럼에도 불구하고 일본, 홍콩보다도 몇 배는 더 큰 선물시장이 형성되었다고 하는데 뭔가 여기에 답이 있는 것 같았다.

선물과 현물시장의 규모 차이, 이것이 과거 10년간 우리나라 지수가 오르지 못했던 원인은 아닐까? 마치 선물시장이 미리 정해진 상태에서 현물시장이 강제로 맞춰지는 그런 느낌을 자주 받을 때가 있었다. 모든 종목이 하락하는데 대형주 몇 개만 올려 지수가 유지되는 경우가 너무 많았다. 계속 말했던 바로 그 '착시 현상' 말이다.

그런데 지금 그 작전이 변경되고 있다는 생각이 든다. 조정을 줄 것처럼 착각하게 만들고서, 엄청난 상승을 시키려는 작전. 근거는 없지만, 이번 상승장은 쉽게 멈출 것 같지는 않다는 생각이 든다.

2020년 4월 15일 (수)

4.15 총선과 경협주

아침 일찍 일어나 투표장으로 향했다.
나는 중립으로, 어느 쪽이 다수당이 되더라도 상관없다.

다만 선거 결과에 따라 어떤 종목이 오를지를 예상하고 종목을 고르는 것이 투자자가 할 일이다. 나는 대북주에 다시 한번 승부수를 띄웠다.

예상대로 여당이 이긴다면 그들은 남북관계 개선에 힘쓸 것이다. 어차피 코로나 시대 경제 불황은 어느 당이 되더라도 살릴 수 없다. 결국 여당이 승리하고 대북관계를 정책으로 내세우는 순간 남북 경협주 아난다는 분명 급등을 할 것이라고 생각했다.

2020년 4월 21일 (화)

연속된 수익

4.15 총선을 앞두고 아난디를 7,010원에 매수해 두었다.
총선이 여당 승리로 끝나자 예상대로 남북 경협주들이 상승한다.

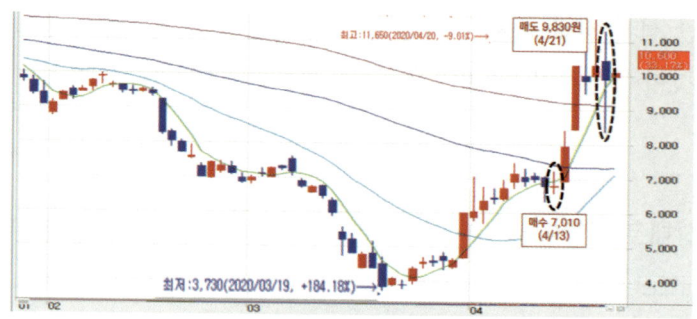

그러나 지난번 남선*미늄 사건이 문득 떠올랐다.
한미군사훈련으로 남북회담이 취소되어 갑자기 급락을 했던 그 사건. 이번에도 주가가 상승하는 듯싶더니, 위아래로 요동을 쳐버린다. '김정은 중병설'이 인터넷에 떠돌면서 남북 경협주가 급락하고 전쟁 관련 종목인 박텍이 급등(4/21, 24%↑)해 버린 것이다.

남북관계는 서로의 말 한마디로도 급등과 급락이 바뀔 수 있다. 더 상승할 수 있겠지만 전량 매도했다. 그래도 30% 가까운 수익이다.

2020-04-21	융자매도	아난티	600	9,820	5,892,000
2020-04-21	융자매도	아난티	158	9,820	1,551,560
2020-04-21	융자매도	아난티	10	9,830	98,300
2020-04-21	융자매도	아난티	632	9,850	6,225,200

2020년 4월 29일 (수)

다시 찾아온 희망

지옥 같았던 3월 코로나 급락장이 지나가고 한 달 정도가 흘렀다. 거대한 산불이 지나간 후 모든 생명체가 다 죽은 것만 같았던 그런 산과 들판에 새싹이 다시 자라나는 듯한 느낌이다.

주식 투자를 하며 연속으로 수익이 난 적은 한 번도 없었는데, 최근에는 매수만 하면 몇백만 원씩 수익이 난다. 코스닥 지수가 말도 안 되게 가파른 상승을 멈추지 않았던 덕이다.

[코로나 이후 코스닥 차트]

3월 23일 419포인트를 찍고 한 달이 조금 지난 4월 말 기준으로 무려 50%가 넘는 상승을 하며 640포인트를 넘겨 버렸다.

4월 중순까지 많은 개인 투자자가 인버스와 곱버스로 몰려갔다. 하락장에서 손실을 보고, 상승장에서 또 손실을 보는 이중고를 겪고 있다. 참으로 투자의 세계는 힘들다.

2020년 5월 8일 (금)

코로나 시대에는 게임주

조금씩 투자에 자신감이 붙기 시작한다.
이것은 단지 종목을 잘 고르고 못 고르고 이런 문제가 아니다.
주식 시장을 어떻게 바라보는가?
이 마인드의 변화에서 생긴 차이로 생각된다.
지난 2년, 나는 그저 '주식 투자란 좋은 종목을 사서 장기적으로 보유하면 돈을 번다'와 같은 이런 순진한 생각을 가지고 있었다.

그런데 이번 코로나 사태를 보면서 깨달은 것은 주식시장은 전 세계가 연결되어 있고, 결국 글로벌장이 올라야 우리나라도 오르고, 그중에서도 상승하는 섹터를 잡아야 수익을 낼 수 있다는 것이었다.

글로벌은 하락하는데 주도 섹터도 아닌 종목을 사서 기다려 봐야 수익을 낼 수는 없는 것이다. 그런데 나는 그저 이름이 좋다는 이유로, 누가 추천했다는 이유로 신용매수까지 해 가며 마구잡이식으로 투자를 해 온 것이다. 이렇게 투자해선 절대 수익을 낼 수 없음을 깨닫게 되었다.

머리가 있다면 생각을 하고 매수를 해야 하는 것이었다.
코로나로 인하여 학생들은 재택수업을 하게 될 것이고, 집에 있으면 할 것이 없어서 게임을 하게 되겠지. 그래서 난 게임주를 선택했다. 기왕이면 지난번에 손절했던 데박시스터즈에 재도전하기로 결심했다.

다만 신작 게임이 2018년까지 계속 출시될 것이라고 발표했는데 아직까지 실제 출시된 게임은 케키런 전투와 퍼즐 2개다.

그나마 '케키런 전투'는 이번 달로 서비스마저 종료된다고 한다. 임이배 부장님 말씀이 하나 틀린 것이 없다. 일정도 중요하지만 게임이 재미없으면 더 큰 상처로 다가온다더니…. 나는 재미있다고 생각했지만, 실제 매출로는 연결이 안 되어 서버 종료를 하는 것 같다.

그러나 얼마 후에 데박시스터즈는 전량 매도했다.
약 10일 동안 15% 정도의 수익을 낸 것은 결코 적지 않았지만 지금 코스닥 상승률은 전 세계에서 최고 수준이다. 더 빠르게 오르는 종목을 찾아볼 것이다.
그래도 매도할 때마다 수익이 쌓이고 있는 것은 매우 고무적이다.

2020년 5월 21일 (목)

눈물 젖은 송금

3월에 받은 현금 서비스를 갚아야 했다.
데박시스터즈, 아난디 등 단기 매매에서 수익들이 꽤 쌓였다.

최근 2년, 돈만 생기면 집으로 보낼 돈을 착복하여 주식에 넣었다. 신용매수 후에 오랫동안 보유를 하니, 그 이자 비용이 정말 크다. 가랑비에 옷 젖듯이 매월 납입한 이자가 얼마나 되는지도 모르겠다. 그래도 이제는 코로나 급락장에 담보 비율 맞추려고 여기저기서 빌려온 돈을 조금씩 갚아야 한다.

이렇게 현금을 찾아서 조금씩 갚을 수 있다니 꿈만 같다.

정말로 주식 투자는 본인 돈 또는 여유 자금으로 해야 한다. 빌린 돈이나 기한이 정해져 반드시 써야 하는 돈으로 투자할 경우 꼭 그때부터 어떤 큰일이 생기고, 그 돈을 기한 내로 못 찾게 된다.

일단 집에 월급을 송금하고, 남는 돈은 현금 서비스를 갚아야겠다. 내 돈으로 월급을 보내 줄 형편이 되어 다행이다.
눈물이 날 것 같다.
증권 계좌에서 돈을 인출하는 날이 오다니….

2020년 6월 15일 (월)

돌아온 거인

〈진격의 대인〉이라는 일본 만화를 봤던 기억이 난다.

굳건해 보이는 성벽보다도 더 큰 거인이 성벽 너머로 고개를 내밀어 쳐다보던 그 장면, 주민들이 모두 공포에 빠져 버렸던 바로 그 장면.

오늘 또다시 그런 거인을 만난 기분이다.

코로나 급락장의 공포가 사라진지 약 3개월, 우리는 너무나 성급하게 세상이 다시 평화로워졌다고 생각했다.

그러나 공포는 아직 끝나지 않았다. 사라졌던 거인이 다시 나타난 것처럼 확진자가 다시 급증하며 글로벌 증시를 얼어붙게 만들었다.

잠시 잊고 있었던 증시 급락이라는 공포가 다시 찾아왔다.

오전 약세로 시작한 증시는 오후 들어 외인의 매도 폭탄이 쏟아지며 코스피는 -4.76% 하락하며 2,000선을 위협받았고, 코스닥은 -7% 넘게 하락하며 결국은 700선이 무너져 버렸다.

또다시 두려워진다. 여전히 신용매수는 잔뜩 해 놓은 상태다. 코로나 급락장만 벗어나면 신용매수를 다시는 안 하겠다고 다짐했지만, 그 시기가 지났어도 신용매수를 정리하지는 않았다. 사실 정리하면 손실이 확정되어 버리니 쉽지 않은 결정이긴 하다. 손절을 못 하는 자는 결국 돈을 벌 수 없다고 하는데, 그 말이 맞는 것 같다.

시장이 하락할 때를 대비하여 보유하는 현금도 없이 모든 가용금액을 현금과 신용으로 매수를 해 놓는 매수 패턴.

이대로 코로나 급락장이 다시 온다면 나는 또 나락으로 빠질 것이다.

날짜	구분	금액	종목	날짜	구분	금액	종목
2020-06-01	신용이자	218,379	현대해상	2020-07-01	신용이자	211,334	현대해상
2020-06-01	신용이자	22,411	현대바이오	2020-07-01	신용이자	21,689	현대바이오
2020-06-01	신용이자	31,667	줌인터넷	2020-07-01	신용이자	30,645	줌인터넷
2020-06-01	신용이자	37,101	현대바이오	2020-07-01	신용이자	35,904	현대바이오
2020-06-01	신용이자	25,697	줌인터넷	2020-07-01	신용이자	24,868	줌인터넷
2020-06-01	신용이자	40,348	줌인터넷	2020-07-01	신용이자	39,046	줌인터넷
2020-06-01	신용이자	34,698	현대건설	2020-07-01	신용이자	33,579	현대건설
2020-06-01	신용이자	102,336	에넥스	2020-07-01	신용이자	69,325	에넥스
2020-06-01	신용이자	114,929	한화에어로스페이스	2020-07-01	신용이자	18,556	오픈베이스
2020-06-01	신용이자	24,131	큐리언트	2020-07-01	신용이자	33,224	엔케이맥스

퇴근길에 내가 보유한 종목을 한번 살펴보면서 여전히 나는 변하지 않았다는 생각이 든다.

신용으로 고점에 매수해서 손실 상태가 된 후 매월 이자만 낸다. 신용매수는 평가 손실과 이자, 이중으로 피해가 너무 크다.

이익이 나는 종목을 매도할 때 어느 정도 정리를 했어야 했다. 이렇게 계속 이자만 내고 있을 일이 아니다. 실패를 인정하지 못하고, 장투라고 포장하며 계속 보유해 봐야 손해를 보는 것은 내 계좌뿐이다.

현금 보유자들은 독수리처럼 멀리서 관망하며 기회가 있을 때만 사냥을 하고 빠지는데, 신용매수자는 오리처럼 늘 온몸을 주식시장에 담근 채로, 죽기 살기로 발장구를 치며 이자만 내고 있는 것 같다.

오리와 같은 투자자는 힘만 들 뿐 오래 살아남기 어려워 보인다. 갑자기 '오리 날다'라는 노래가 듣고 싶어진다. 나도 날고 싶어진다.

2020년 8월 10일 (월)

또 다른 미친 시장

증시가 한참 급락하던 때는 월요일이 너무나 두려웠다.
특히 금요일 저녁 나스닥이 급락하였을 때 월요일 아침부터 코스닥이 3~4% 갭 하락으로 출발하는 모습은 공포 그 자체였다. 그런데 이미 다 잊었다. 이제는 월요일 오전의 동시호가 시간이 다시 기다려진다.

오늘 동시호가는 누군가 대형주까지 와서 장난을 치고 있다. 그러나 장중에 현대차, LG전자가 VI를 발동하며 장난이 아니었음을 증명하였다. 주식 투자를 20년씩 해 온 사람조차도 이런 것은 처음 본다고 한다. 국내 시총 2위 종목이 10% 상승하며 VI라니, 한편으로는 서글펐다. '이게 우리나라 증시의 현실이구나' 이런 사실을 깨닫게 되며 보이지 않는 그 큰 글로벌 세력을 나 혼자 조용히 느끼게 되었다.

수개월간 중소형 성장주 중심으로만 주가 상승을 주도했는데, 오늘은 현대차와 LG전자를 급등시키며 대형주로 분위기가 반전되었다. 마치 삼성전자(+0.5%)를 빨리 팔고 코스닥이나 성장주로 가든지 현대차(+15%)와 LG전자(+11%)로 가라고 몰아가는 느낌을 받았다. 아마 곧 삼성전자를 상승시키려고 마지막 작업을 치는 듯한 그런 느낌이다.

대형주가 VI까지 발동했어도 코스피 지수는 1.5% 상승에 그쳤다. 대형주가 급등했어도 지수 상승폭이 작다는 것은 무서운 일이다. 하락 종목이 더 많은데 지수만 올려 버리는 착시 현상이기 때문이다. 결국 선물과 현물시장 규모의 차이, 여기에서 오는 문제점일까?

2020년 8월 16일 (일)

신용 융자 16조

얼마 만에 느껴보는 편안한 주말인지 모르겠다. 이제는 안심이다. 이 정도면 다시 급락이 오지는 않을 것 같다. 하락하지 않는 이유는 아마도 뉴스에 나온 것처럼 개인 투자자의 힘이라고 보인다.

2018년 1~8월 8개월간 외국인이 약 5조 원을 매수했는데, 2020년 1~8월 8개월간 개인이 약 50조 원을 매수했다고 한다. 2년 전 외국인이 총매수했던 금액의 거의 10배를 개인이 매수한 거다. 뉴스에서는 이들을 '동학개미'라고 부르고 있다. 동학운동은 결국 진압이 되었는데, 무언가 큰 세력들이 개미 투자자를 진압하겠다는 의지를 갖고 붙인 명칭 같아서 예감은 그리 좋지 않다.

증권 계좌는 3천만 개가 넘어 대부분 성인이 계좌를 갖고 있고, 펀드 수익률로 만족 못하는 개미들은 펀드를 해약하여 직접 투자로 나서고 있다고 한다. 펀드 해약으로 삼성전자가 오르기 힘들었을 것이다. 대부분의 국내 펀드는 삼성전자를 포함하고 있을 테니.

신용융자 금액도 16조 원이라고 한다. 창과 칼이 없는 농민들이 낫과 곡괭이로 싸운 것처럼 동학 개미들의 처절한 무기로 보여 안쓰럽다.

결국 동학개미 운동이 진압될 때 저 무기들도 모두 압수를 당할 것이다. 그리고 저 무기는 오히려 고점에 들어온 개인 투자자들에게 향해지며 대세 하락기에 개인투자자를 역으로 공격하게 될 것이다.

2020년 9월 28일 (월)

B.B.I.G

　단체보험 영업에서 가장 마음이 힘든 시기가 가을이다. 신규계약이 없어 몸은 편하지만, 연말에 있는 공무원 시장 준비로 마음이 힘들다. 고민이 많아지면 늘 김만규 차장을 보러 간다. 종퇴보험, 단체상해까지 25년간 영업만 해 왔던 사람이니 해답을 줄 수 있을 것이다.

　오늘은 부장님과 동행하기로 했다.

"안녕하세요. 차장님!"
"부장님도 오셨네요. 오랜만이에요."
"지난여름에 골프 한 번 치고 이번에 뵙네요. 한 세 달 되었나 봐요."
"요즘 골프는 잘 맞으십니까?"
"저는 골프 실력이 감소하는 것 같아요. 거리도 줄었고."
"그건 아는 것이 많아져서 그런 거예요. 그냥 아무 생각 없이 칠 때는 오히려 잘 맞는데, 생각이 많아지면 골프는 망가지죠."
"그러고 보니 그런 것 같네요. 생각이 많아지기는 했어요."
"주식도 그렇지 않나요? 아무 생각 없이 조금 사 놓으면 오르는데, 공부 많이 하고, 신경 많이 쓰는 종목은 하락하지 않나요?"
"주식 이야기는 하지도 마세요. 아, 정말 미치겠어요."
"왜 미쳐요? 이 불 같은 상승장에?"
"예전 산성테크윈 기억나시죠? 지금은 한*에어로스페이스."
"그건 오르지 않았나 보죠?"
"정말로 좋은 회사인데, 방산주라서 그런지 계속 횡보만 해요."

4부 각성기

"허허, 저는 KMV 갖고 있는데 이 종목 미친 것 같아요. 20배 넘게 올랐어요. 10년 전에 3,300원에 매수하고 건들지 않았는데, 얼마 전에 거의 9만 원까지도 갔는데 팔지 않고 그냥 갖고 있어요."

엄청난 수익률이었다. 저런 상승률을 눈으로 본 것은 처음이다.

"신 과장도 많이 벌었나?"
"저는 코로나 이전 수준으로만 복귀했고, 크게 수익은 없어요."
"지수가 이렇게 오르는데 왜 내 것만 안 오르지. 속상하네."

임이배 부장의 수익률 문제는 단지 그에게만 국한된 것은 아니다. 지수는 크게 올랐는데 본인 종목은 오르지 않은 투자자가 많이 있다. 대부분 사람들은 그 모든 것을 본인이 종목을 잘못 골라서 그렇다고 자책하고 있지만, 사실 종목의 문제가 아니다. 실제 특정 업종만 상승하였고, 오르지 않은 종목과 업종이 훨씬 더 많았기 때문이다.

코로나 급락장 이후에는 BBIG 섹터 중심으로만 상승했다. 8월까지 전체 지수를 저점 대비 2배 가까이 끌어 올렸지만, BBIG 뿐이었다. 나머지는 대부분 횡보를 하거나 심지어 하락 중이다.

여러 번 언급했던 '착시 현상'이다. 지수가 오른다고 내 종목까지 오르는 것이 아니라는 것이다. 많은 투자자가 상승장에 소외감을 느끼고 있고 삼성전자 투자자는 소외감을 느낀 지 수개월이 지났다.

성장주의 시대에 가치주를 보유하며 상승을 기다려도 오르지 않는다. 이번 상승장은 초보 투자자는 너튜브 추천 종목으로 수익이 나는데, 오히려 투자를 오래 해 왔던 중장년층은 여전히 삼성전자와 같은 가치주를 매수하며 수익을 못 내는 경우가 많았다.

최근에 젊은 부자들이 많이 탄생하고 있는 시기지만 오랜 투자자들은 오히려 집에서 혼나고 있다. 지수가 오른다고 뉴스에서 도배가 되는데 내 남편은 주식을 하면서도 수익을 못 내니 얼마나 무능한 남편으로 보였겠는가? 뭐라고 변명도 못 한 채 머리만 긁고 있다.

'오르겠지' 하며 기다려야 할지, 두세 배 오른 성장주로 옮겨가야 할지 계속하여 고민만 하고 마음만 답답해지는 그런 시기다.

삼성전자도 한*에어로스페이스도 좋은 회사다.
그러나 단기간 수익을 좇는다면 좋은 종목을 선택하기보다는 성장주와 가치주 중에 어느 것을 선택하느냐는 문제가 더 중요한 것 같다. 그것이 정해진 이후 어느 섹터가 오를지를 생각하고, 그중에 대장주가 무엇인지를 고르는 것. 그게 주식 투자의 전부가 아닐까 싶다.

아! 사실 첫 번째는 글로벌 시장이 상승장이냐? 하락장이냐?
이것을 판단하는 것이 먼저이긴 하다.
글로벌 시장이 하락할 때 한국만 오를 일은 절대로 없을 테니까.

2020년 11월 5일 (목)

동전이 은화로

작년 겨울부터 올해 봄까지 가장 바빴어야 할 과장 말호봉의 기업금융팀 단상영업부 영업담당이 주식 손실로 일도 못하고 충혈된 눈으로 겨우 출근만 했던 것 같다.

집에서는 영업이 너무 힘든 것 아니냐며 걱정을 많이 한다. 멀쩡하던 남편이 영업을 나간 이후 제정신이 아닌 사람처럼 다니니, 영업이 힘들어서 그러냐며 오해하고 있는 것이다. 차마 아내에게는 솔직히 고백할 수 없었다. 이혼이라도 하자고 하면 모두가 불행해질 것이다. 어떻게 해서라도 손실을 만회한 후에 고백할 것이다.

내가 투자했던 이유는 나 혼자 잘 살자고 했던 것이 아니었고, 외식이라도 좀 맛있는 것을 먹기 위해서라고 고백하고 싶다. 그런데 어쩌다 이 지경까지 왔을까? 나는 그렇게 자제력이 부족한 사람은 아니라고 생각했는데, 순식간이었다. 주식에 돈을 넣기 시작하니, 하수구에 물이 빨려 들어가듯 돈이 계속 들어가게 되었다. 대기업에 근무한다는 이유로 돈을 많이 빌리기도 너무나 쉬웠다.

다행히도 코로나 급락장 이후 계좌가 빠른 속도로 만회되고 있다. 첫 번째 계좌에서 내가 대출받았던 돈은 이미 사라졌지만, 두 번째 계좌의 친구에게 빌린 돈은 본전이 되어 가고 있다.

내 돈을 잃는 것과 누군가의 돈을 빌려서 잃는 것은 천지 차이다. 부모님이나 친구에게서 빌린 돈을 잃으면 인생은 지옥으로 변한다. 가끔

보는 철준 씨도 나와 비슷한 눈빛을 하고 다녔다. 말없이 휴대폰만 바라보았던 우리 둘. 서로 걱정은 되었겠지만 눈빛으로만 응원하였던 사이.(물론 나 혼자만 그리 생각했을 수도 있다.)

이젠 그 친구도 그냥 자연스럽게 담배를 피우러 나온다.
솔직히 담배를 안 피우고 어떻게 비트코인 하락을 견디어 왔겠는가? 결혼할 여자도 떠나가 버렸고 말이다.

아…. 그 여자가 떠난 것은 내 탓이 컸었지.
방정맞은 입으로 철준 씨 손실을 송 대리에게 말해 버려서 말이다.

"철준 씨, 요즘 좀 괜찮아 보이네."
"과장님도 좋아 보이시네요. 잘 지내시죠?"
"겨우 한숨만 돌렸지, 뭐."
"저도요. 오늘 코인 얼마 하는지 아세요?"
"난 코인 시세까지는 잘 안 봐서."
"오늘 1,700만 원 갔어요."
"그거 3년 전에 3백만 원 막 그 정도까지 하락하지 않았었나?"
"그렇죠. 그런 때가 있었죠. 그래도 저는 살아남았습니다. 말씀드렸지만 가진 돈, 빌린 돈, 전세금 모두 추가 매수했어요."
"지금 평단이 얼마야? 예전에 1,800만 원 정도였는데."
"지금 1천만 원 아래로 낮춰 놓았어요. 이젠 기다리기만 하면 돼요. 과장님도 지수 올랐으니 그래도 살 만하시죠?"
"나도 그 빌린 돈 계좌는 겨우 본전을 맞춰서 한숨 돌렸어."
"과장님, 우리 성공해서 정상에서 만나요. 먼저 들어갈게요."

2020년 12월 31일 (목)

20년 투자 성과 분석

 주식 투자 후 불과 3~4년 동안, 속성 코스로 너무 많은 일을 겪었다. 8.2 부동산 대책으로 급락, 트럼프의 미중 무역 분쟁으로 급락, 북한과 미국 전쟁 위협으로 급락, 미국이 금리 올린다고 급락, 터키발 금융 위기 걱정으로 급락, 그리고 끝판 왕 코로나로 인한 폭락까지.
 현재 총 누적 투자 금액 대비해서는 아직 50% 손실 중이지만, 코로나로 급락했던 그날의 3천만 원이, 급반등하는 시장 탓에 8개월 만에 겨우 1억 2천만 원까지 올라왔다. 친구에게 빌린 돈의 본전은 찾은 것이다.

코로나 급락장 계좌 잔고 (20.3.23)	계좌번호	기말평가금액	투자손익	투자원금	수익률
	20-01 종합	29,126,603	-89,599,033	134,777,860	-66.48

3/24~3/30 2천만 원 증가   3/24~12/30 9천만 원 증가

기초 평가금액	49,654,515	순 입출금(고)	-9,944,050	투자원금	72,082,746
기말 평가금액	121,124,100	투 자 손 익	81,413,635	수 익 률	112.94%

2020년 12월 말 최종 잔고

주식	삼아알미늄	0	53,014,500	26,988,363
주식	현대바이오	17,529,750	62,488,000	13,865,617
주식	비케이홀딩스	0	0	1,362,280
주식	멀티캠퍼스	0	0	1,345,990
주식	DMS	0	0	1,585,215
주식	큐리언트	12,050,850	0	5,096,041
주식	엔케이맥스	17,360,000	24,171,000	11,467,183
주식	데브시스터즈	0	11,560,000	2,070,853
주식	줌인터넷	10,956,000	0	3,352,849

2021년 1월 1일 (금)

세력의 마음으로

새해 첫날이다. 설날은 아니지만 우리 집은 1월 1일에도 자주 모였다. 그런데 코로나로 인해 올해는 가족 및 친척이 모이지 않는다.

오히려 나에게는 좋은 기회다.

새해를 맞아 주식 매매와 손실에 관하여 곰곰이 생각해 보았다. 아무리 생각해도 개인투자자 입장에서 평범하게 투자해서는 수익을 내기 어렵다. 오히려 내가 세력이라 생각하고, 세력 입장에서 어떻게 하면 개인투자자의 돈을 빼앗을 수 있는지를 생각해 보기로 했다.

비록 3~4년간의 짧은 투자 경험이지만, 주식 시장은 결코 경제 논리로 돌아가는 시장이 아닌 듯하다.

정치 논리와 글로벌 정세에 따라 움직이는 시장이라는 생각이 든다.

2021년 1월 4일 (월)

먹는 코로나 치료제

지금 이 시대가 가장 원하는 것은 무엇인가?
코로나가 창궐하여 모두가 고통받는 이 시기, 답은 정해져 있다. 바로 코로나 진단 키트와 백신, 그리고 치료제이다.
코로나 검사로 코를 쑤시고, 병원에 가서 주사 맞는 것은 불편하다.
그런데 만약에 먹는 경구용 코로나 치료제가 나온다면 어떨까?
이것은 코로나를 종식시키는 것과 동일한 수준의 대단한 발명이다.

그래서 요즘 경구용 치료제를 개발 중인 H 바이오를 계속 사 모으고 있다. 임 부장님 말대로 신약 개발은 빠른 성공은 쉽지 않겠지.
나도 오래 보유하지는 않을 것이다.
다만 이 시대의 희망 사항이니 단기 상승이 예상되어 매수했다.

날짜	구분	종목	수량	단가	금액
2020-12-28	매수	현대바이오	210	25,500	5,355,000
2020-12-28	매수	현대바이오	119	26,100	3,105,900
2020-12-28	매수	현대바이오	200	28,300	5,660,000
2020-12-30	매수	현대바이오	207	21,450	4,440,150
2020-12-30	매수	현대바이오	88	21,550	1,896,400
2020-12-30	매수	현대바이오	100	22,650	2,265,000
2020-12-30	매수	현대바이오	217	22,700	4,925,900
2020-12-30	매수	현대바이오	299	23,250	6,951,750
2020-12-28	매수	현대바이오	132	31,100	4,105,200
2020-12-28	매수	현대바이오	14	31,250	437,500

2021년 1월 7일 (목)

신작 게임 출시

  오늘 케키런 킹덤 인게임 영상이 떴다. 케키워즈 출시 때 데박시스터즈를 매수해서 손해가 좀 컸었다. 신용매수까지 해서 수년간 보유했지만, 담보부족으로 결국은 매도했다. 그런데 오늘 영상은 다르다. 이것은 될 게임이라는 생각이 든다.
  아, 그러고 보니 케키워즈 출시 때도 난 똑같은 생각을 했었지.

  그럼에도 불구하고 이번만은 달라 보인다. 시가총액 1천억 원짜리 회사가 만든 게임치고는 너무 잘 만들었다. 영상을 보자마자 잠시 멈췄었던 습관성 매수중독이 다시 발동되었다.
  작년 일 년 동안 번 돈으로 데박시스터즈를 1천 주 넘게 매수하였다. H 바이오를 수익을 내며 매도하고 데박시스터즈로 집중을 했다.

  지금 생각해 보면 무모한 투자였을 수도 있다.
  내가 본 것은 단지 1분짜리 인게임 영상 하나일 뿐이었는데, 게임이 출시된 후 매출이나 다운로드 순위를 확인 후에 매수해도 그리 늦지는 않았을 것인데, 하긴 그런 인내심이 있었다면 그건 내가 아니겠지.

2021년 1월 20일 (수)

모 아니면 도

내일 드디어 신작 게임 출시일이다. 그런데 보통 게임주는 신작 출시 전에 많이 오르고, 신작이 막상 나오면 뉴스에 팔라는 격언처럼 오히려 하락한다는데 확실히 데박시스터즈라는 회사는 아직도 아는 사람이 많지 않다.

내일이 게임 출시일인데도, 주가는 요지부동이다. 아니, 사실은 지난번 인게임 영상이 나왔을 때보다 오히려 하락했다.

이왕 올인하는 거 오늘 800주를 더 매수해 버렸다.
'모 아니면 도' 그런 상황이다.

케키런전투처럼 흘러가게 된다면 나는 또 큰 상처를 입을 것이다. 코로나 급락장 이후에 일주일에 몇십만 원, 몇백만 원씩 차곡차곡 1년간 모은 돈을 또다시 모두 날려 버리게 될 것이다.
그렇지만 이번에는 데박시스터즈 주주모임 단톡방에 참여하여 주주들의 반응을 먼저 살핀다. 그리고 포털 사이트 공식카페에 가입하여 유저들의 기대치를 살폈고, 너튜버의 댓글까지 하나하나 다 읽었다.
이제는 나도 공부하는 투자자로 변모하였기 때문이다.

"I am all ready!"
나는 이미 모든 준비가 되었고, 게임 출시만 기다리고 있다.

2021년 1월 21일 (목)

케키런 왕국의 시작

 오늘 드디어 케키런 왕국이 출시되었다.
 솔직히 오픈하면 상한가라도 갈 것이라 생각했는데, 다들 경계한다. 게임의 매출 등을 보고 재진입하려고 하는지 매도 물량도 꽤 많았다.
 평소 수만 주 거래되던 종목이 오늘은 50만 주 이상 거래가 되며 최고가 20%, 종가는 12% 상승으로 마무리되었다.

 오뎅브레이크, 맨질맨질, 케키런전투, 케키런퍼즐 등 데박시스터즈의 모든 게임을 해 왔던 나로서는 기대가 된다. 기존 게임이 이 회사를 초중고에 입학시키는 느낌이었다면 이번은 서울의 명문대학에 입학시키는 그런 기분이다. 수년간의 고생이 결실을 맺는 것 같다.

 가슴이 벅차올랐다. 단지 내가 매수했기 때문만은 아닐 것이다. 공모주 청약을 해서 8년을 기다린 한빛생명 장 과장에게도 전화했다.

"과장님! 나보다 더 축하 드려요."
"안 그래도 1만 원 밑에서 추가 매수를 했는데, 보람이 있었네요."
"그러니까요. 공모가 5만 원에 받아서 진짜 긴 세월이었다."
"그냥 없는 돈이라고 생각하고 버텨서 괜찮아요. 과장님도 축하해요."
"그럼 우리 서로 잘 버텨 봐요."

2021년 1월 25일 (월)

일시 점검

  미쳤다.
  이틀 연속 상한가다.
  주식 투자를 시작하고 처음 겪어보는 이틀 연속 상한가다.
  평단이 1만 5천 원 정도인데, 벌써 3만 원이 넘어서 2배 수익이다. 내일만 더 오르면 수익만 1억 원이 넘을 것 같다.
  즉 내일 모두 매도를 하면 기존에 내가 대출받은 돈과 친구에게 빌린 돈 모두를 갚고도 조금 남는 수준이 되는 것이다.

  어제, 오늘 이틀간 상한가에서 매도하고 싶은 충동이 강렬했다.

  그러나 잘 참았다.
  상한가에 들어선 순간부터 아예 주식창을 보지 않았다.
  그리고 장이 종료된 후에 다시 확인했는데, 아직도 믿기지는 않는다. 상한가가 잘 유지되었다.

  하루 종일 기분 좋게 일하고 퇴근길이다. 그런데 게임에 유저들이 너무 많이 몰려 서버가 다운되었다고 한다. 그럴 줄 알았다. 이렇게 재밌는데 사람들이 몰릴 수밖에….
  신작 게임이 출시 후 유저가 몰려 서버가 터진다면 좋은 일 아닌가?

  집에 가서 게임 패키지 아이템을 몇 개 사 주고 자야겠다.

2021년 1월 26일 (화)

치명적인 오류

오늘 나는 게임을 할 수 없었다.

케키런 킹덤 서버 점검이 20시간을 넘어서고 있다. 최초 사람이 많이 몰려 서버가 다운되었다고 하더니, 복구 과정에서 치명적인 오류가 발견되었다며 재오픈 시간이 계속하여 밀리고 있다.

그럼에도 불구하고 오늘도 주가는 24%나 상승했다. 15,000원에 샀던 데박시스터즈가 오늘 36,000원을 넘었다. 주가는 오르지만 불안감은 떨칠 수 없다. 현직 개발자라는 사람이 종목 토론방에 글을 올리며 더욱 무서웠다.

서버가 단순 다운된 것이 아니고, 치명적인 문제가 생겨서 원상태로 복구하지 못할 것이라고 회사 직원이 익명으로 글을 남겼다고 했다. 케키런 왕국 시스템의 중요 정보를 저장하는 곳이 손상되었고, 원상 복구가 어렵다며 빨리 주식을 팔고 도망쳐야 한다는 글이었다.

게다가 하필 오늘 '그랑오가'라는 경쟁사의 신작 게임도 신규 오픈을 했다. 케키런 왕국이 계속 접속이 안 된다면 유저들이 이탈할 것이고 정말로 중요 정보가 모두 날아가서 새로 재오픈을 해야 한다면 생각만 해도 끔찍하다.

지난 5년간 잃은 돈을 모두 복구할 수 있었는데, 대출받은 돈도 모두 갚을 수 있었는데, 욕심이 모든 것을 망친 것 같았다. 종목토론방과 게임 카페에 올라온 글을 하나하나 읽어 보았다.

글을 읽을수록 더욱 혼란스럽다. 수년간 적자가 반복되어 위험성이 있으니 도망가라는 글이 있다. 다른 글은 이 정도로 신작이 성공했다면 무조건 흑자 전환이 가능하다며 지금 시가총액은 말도 안 되게 저평가되었으니, 서버 오류 기간이 저가 매수 마지막 기회라며 빨리 매수하라고도 한다. 주주 게시판만 봐서는 주식 초보가 판단하기가 너무 어려웠다.

차라리 공식 카페에 접속해 보는 것이 맞다고 판단했다. 그리고 그곳에서 나는 홀딩을 결심하게 되었다. 카페 회원이 단 며칠 만에 수십만 명을 훌쩍 넘어 버린 것이다.

오늘 방문자 수만 70만 건이 넘고 새로 올라온 글도 수만 개다. 1분에 글이 10개씩은 올라오는 것 같다. 화를 내는 글도 거의 없다. 다들 응원하고 있다. 점검해도 좋으니 크리스탈만 많이 달라고 한다.
이 정도 팬심이라면 이 종목 한번 믿어 봐도 될 것 같았다.

훗날 악의적 비방 글을 다시 찾아보려 했지만 이미 삭제되었다.
누군가가 그랬다. 안티들이 주식을 싸게 매수하려고 겁주는 것이라고.

찬티 말만 들어서도 안 되지만, 안티 말을 듣고 매도하는 것도 문제다. 찬티와 안티의 글 속에서 정답을 찾는 것이 주주가 할 일이다.

2021년 1월 28일 (목)

Go or Stop?

"용대, 저녁에 뭐하니? 저녁 먹고 스크린이나 한 게임 치자."
"네, 알겠습니다. 스크린 앞에 그 식당으로 가면 되죠?"

장수생명 진비호 차장님이 간만에 전화를 해 왔다.
　오늘은 주가가 좀 하락을 해서 마음이 우울했는데 마침 잘 됐다. 가서 스트레스나 해소하는 편이 좋을 것 같다.

1만 5천 원에서 횡보하던 주가가 상한가 2~3번과 함께 어제는 4만 3천 원까지 상승했는데, 오늘은 3만 5천 원에서 마무리되었다.
　10%의 하락이 문제가 아니다. 계속 떨어질 것인지?
　아니면 다시 오를 것인지? 선택의 순간이 조만간 찾아올 것 같다.

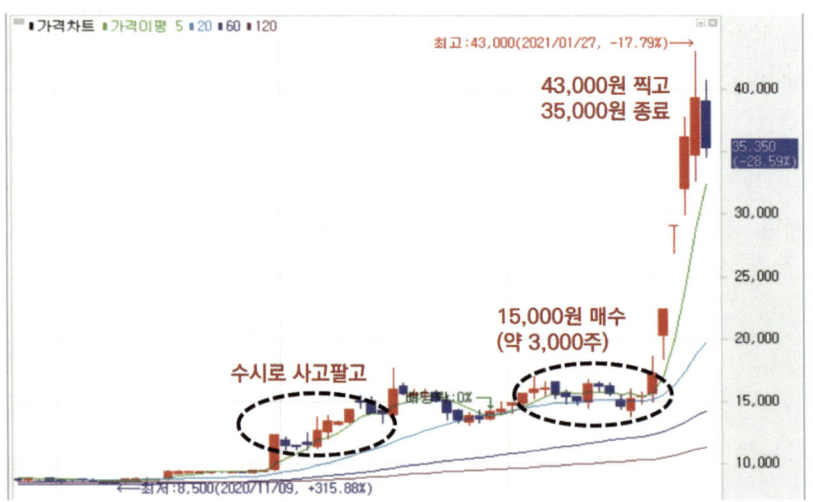

"용대야. 이쪽이다."
"안녕하세요. 어, 정 대표님도 계시네요?"
"저녁 안 먹고 왔지? 같이 먹자. 뭐 시켜 줄까?"
"저는 그냥 제육 시켜 주세요."
"용대 과장은 요즘 재밌는 일 없나?"
"제가 대박시스터즈 라는 종목을 샀는데 3배까지 갔었어요."
"3배? 우와. 잠시만. 대박이라고? 검색이 안 되는데."
"이름이 좀 어려워요. 제가 검색해 드릴게요."
"우와~ 이거 뭐 작전주인가? 완전 급등했네?"

진비호 차장님이 많이 놀라신다. 이분도 주식해서 손해가 많다고 들었다. 그런데 옆에서 정 대표가 한 말씀 거드신다.

"신 과장, 그거 빨리 팔아라. 계속 떨어지면 어쩌려고 그래?"
"하~ 저도 고민 중입니다. GO냐? Stop이냐? 완전 갈림길이에요."
"며칠 만에 3배 된 건데 그걸 어떻게 아직까지 들고 있어?"
"고민 좀 해 볼게요. 그런데 이거 팬심이 엄청나서요."
"3배 먹었으면 팔아야지. 난 30%만 먹으면 무조건 매도해."

스크린 골프를 치는 내내 머릿속이 복잡했다.
Go냐? Stop이냐? 이 선택 하나가 내 인생을 바꿀 수도 있다.
쓸데없는 생각을 하니 자꾸 OB만 난다.
배판이었는데….

2021년 1월 29일 (금)

공포에 매수하라

불길한 예감은 틀리는 법이 없다. 지난번 30시간 점검보다 더 큰일이 생겨버렸다. 재화 무한 생성 버그가 발견되었고, 이미 그 버그를 이용하여 마스터 랭킹을 포함해서 상위 랭커들 점수에 왜곡이 생겨버렸다. 카페부터 주식 게시판까지 이 문제점에 대해서 논쟁이 시작되었고 주가로 즉시 반영이 된 것이다.

상승세를 멈출 줄 모르고 4만 5천 원까지 3배나 급등했던 주가가 오늘은 -5%로 시작을 하여 2만 9천 원까지 급락해 버렸다. 2배라도 먹은 것을 지켜보려 몇 번이나 매도 버튼에 손이 갔다. 그러나 이것을 팔고 다른 종목을 간다 해도 수익을 낼 것이란 보장은 없다. 내 투자 실력이 형편없다는 것은 스스로 잘 알고 있다. 그래. 결심했다.

"돈 되는 대로 추가 매수를 해 버리자. 올인이다!"

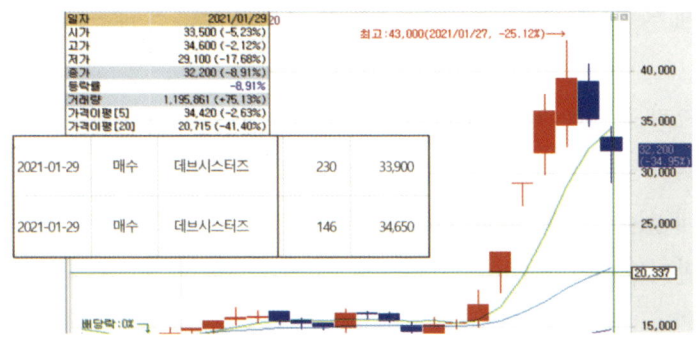

1월 차트만 보면 큰 급등 후에 다시 큰 폭의 하락을 하는 것처럼 보이지만 이후 진행되는 차트를 보면 그저 한 순간의 점에 불과했다.

아마 내 인생의 가장 큰 전환점이 언제였냐고 질문을 받는다면

첫 번째는 20년 3월 23일(코로나로 인한 급락장에서 살아남은 날),

두 번째는 21년 1월 29일(재화 버그로 급락할 때 매도하지 않은 날) 이라고 망설임 없이 답할 것 같다.

정말로 잘 버텨주어 스스로에게 고마웠던 그날이다.

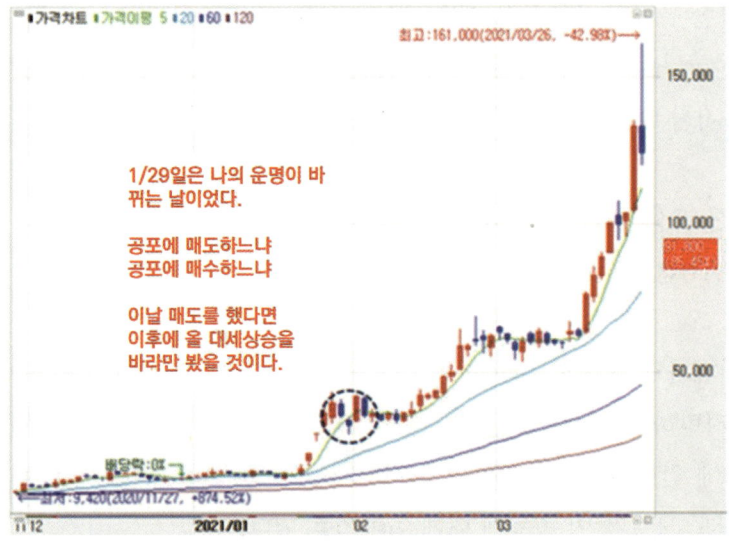

2021년 2월 1일 (월)

갈 놈 갈

'갈놈갈'이라는 말이 있다. 갈 종목은 간다는 뜻이다.
마일리지 재화 오류로 급락을 했던 지난 주, 나는 잘 버텨냈다. 그리고 그날 카페 공지사항에 전수 조사를 통하여 해당 버그를 악용한 수십 명의 유저에 대한 조치를 검토 중이라고 게시가 되었다.

착한 유저와 주주들은 데박시스터즈를 믿었다. 그리고 보란 듯이 오늘 상한가로 마감을 했다. 상한가로 마감하자. 나와 이 종목에 대해서 이야기를 나눈 몇몇 업계 형님들에게서 전화가 오기 시작한다.

"신 과장! 대박인데, 데박시스터즈 이거 사도 되나?"
"무조건 갑니다. 갈 놈은 가는 거예요."

어깨가 으쓱해졌는지, 마치 종교 집단의 교주라도 된 양 들떠 버렸다. 자랑하고 싶어서였을까? 갑자기 내 활동량이 급격하게 증가했다. 평소에 안 만나던 업계의 영업 담당자들과 만남이 늘었고, 만날 때마다 나도 모르게 이 종목에 대해 이야기를 했다.
근거는 없다. 그저 갈 놈은 간다는 이야기만 반복했을 뿐.

그리고 훗날 그들은 모두 나를 원망하는 사람들이 되어 버렸다.
내 말을 듣고 이 주식을 샀던 사람들에게 다시 한번 사과하고 싶다.
주식은 절대 종목 추천을 해서도, 받아서도 안 되는 것 같다.

2021년 2월 2일 (화)

종목 추천은 하는 게 아니었다

어제는 상한가를 갔던 종목이 오늘은 마이너스 15%다.
어제 왔던 전화보다 두 배는 더 전화가 온 것 같다.

"여보세요! 어제 신 과장 믿고 데박시스터즈 샀는데 오늘 왜 이러냐?"
"원망하는 것이 아니고 그냥 물어보는 거야. 반등할까?"
"어제 이야기했던 데박시스터즈, 오늘 들어가도 될까?"

괜한 이야기를 떠들고 다녔다. 일은 안 하고 주식만 보는지, 왜 이렇게 전화를 하는 것인가? 그러나 나의 대답은 하나였다.

"직접 게임을 설치해서 해 보세요. 아기자기하고 정말로 재밌어요. 그리고 이건 품절주라서 맘만 먹으면 한도 끝도 없이 올릴 거예요."
"품절주가 무엇이야?"
"이거 유통주식 수가 얼마 안 돼요. 대주주 물량 제외하면 실제로 유통이 가능한 주식 수는 몇백만 주 안 될 걸요?"
"뭔지는 잘 모르겠지만 아무튼 오른다는 거지? 응?"
"저는 계속 갖고 갑니다. 한국의 최고 게임사가 될 것 같아요."
"그래, 그럼 신 과장 믿고 나 산다."

나를 믿고 사겠다는 사람이 한 명, 두 명씩 증가한다.
나 혼자 수익을 내기보다는 다 같이 수익을 내면 더 좋지 않겠는가?

2021년 2월 22일 (월)

그릇만큼 먹는 법

지루한 횡보 기간이 2주 정도 지났다.

그리고 드디어 오늘, 상한가 안착은 못 했지만 20% 가까이 급등했다. 그동안 약간의 손실을 참으며 마음 고생했을 형들에게 전화를 했다.

"형님! 아이고 오늘 괜찮으시죠. 오늘 팔면 그래도 꽤 벌 텐데."
"신 과장, 고맙네. 그런데 난 어제 다 팔았어. 15% 먹고."
"네? 아니 오늘 팔았으면 40% 넘게 먹었을 텐데…."
"15%도 훌륭하지. 난 괜찮아. 그렇게 먹는 것이 마음 편해."

전화 몇 통 돌려 보니 다들 최근에 모두 팔았다고 한다.
하긴 지난 1~2주 동안 불안해서 다들 마음고생하셨으니 이해는 간다.

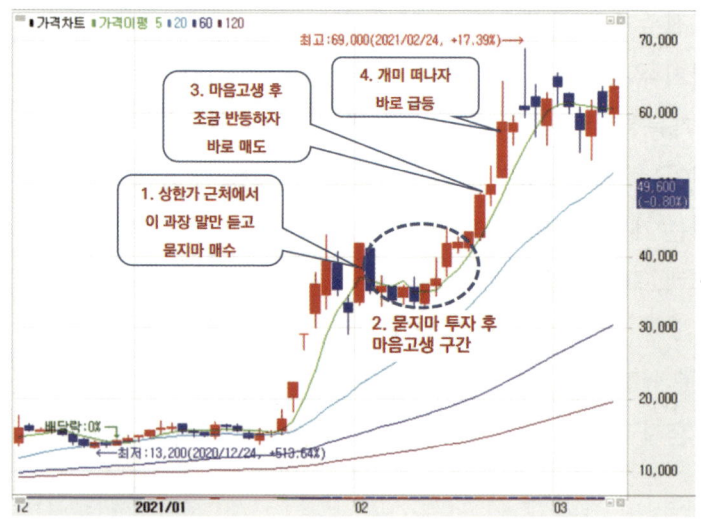

4부 각성기

2021년 3월 26일 (금)

코로나 위기 때 더 사둘 것을

말이 나오지 않는 하루였다.

처음 겪어 보는 일이라 실감도 나지 않는다. 워낙 순식간이긴 했다. 걸그룹이 어느 날 갑자기 유튜브 덕에 역주행을 하며 음악 방송 1위를 하였듯이 내 계좌도 역주행을 시작하더니 끝도 없이 치솟았다.

오늘은 장중에 계좌잔고가 잠시 8억 원까지 찍었다.

물론 16만 원을 찍고 순식간에 12만 원까지 고점 대비 4만 원이 빠져서 최종 잔고는 6억 원으로 끝났지만, 다시 올라갈 것이다.

그러나 욕심은 끝이 없다. 연초 1만 5천 원에 산 것이 내심 아쉽다. 이럴 줄 알았다면 코로나 시절 1만 원 이하일 때 더 살 것을 그랬다.

내 계좌에 있는 5억 원, 물론 대출과 갚을 돈을 제외하면 2억 원 정도 남겠지. 빨리 13억 원을 만들어서 3억 원으로 빚을 갚고, 10억 원은 현금으로 보유하고 싶어진다.

2021년 4월 5일 (월)

재벌 2세가 된 기분

식목일이다. 오늘은 정말로 마음 편하게 골프를 치러 왔다.
사실 나는 골프장에 가자고 먼저 말해 본 적이 단 한 번도 없다.
누군가가 나에게 골프를 가자고 해도 한 번에 수락한 적도 없다.

"용대야, 골프 갈래?"
"먼저 다른 사람 알아보고 못 구하면 그때 나 다시 불러줘."

지난 수년간 골프를 치러 가자는 물음에 나의 답변은 항상 애매한 거절이었다. 직장인에게 골프 비용은 사실 매우 부담스럽다.

문제는 대기업에 다닌다는 점이다.
대기업 직원들의 수준에 맞춰 살자면 가끔은 해외여행도 가야 하고, 골프도 한 달에 한두 번은 기본적으로 가야 하고, 커피도 좀 비싼 것을 마셔야 한다. 가진 것이 없어도 품위 유지비가 꽤 많이 든다.

그러니 늘 돈이 부족할 수밖에 없지 않았을까?
그러나 이번에는 매우 빠르게 골프를 가겠다고 답변했다.

대박시스터즈 주가가 최근 하락은 했지만 여전히 인기가 좋다.
일본, 미국 언어 더빙까지 출시가 된다면 세계적인 인기를 끌겠지?

나는 확신한다.

비록 지금은 10만 원에서 왔다 갔다 하고 있지만, 그래도 갖고 있으면 오를 것이다. 16만 원에 못 판 것이 너무 아쉽긴 하지만 말이다.

2억 원 넘게 넣어서 3천만 원만 남았었던 그때의 나를 생각하면 지금도 참담하다. 게다가 나는 모두 빌린 돈이었다. 본인 돈 2억 원을 잃는 것도 물론 속상한 일이겠지만 빌린 돈 2억 원을 잃는 것은 속상함에서 끝나지 않는다. 솔직히 월급으로는 갚을 방법도 없다.

장기라도 팔아야 하는 것인지?
보험금이라도 타서 가족을 위해 빚은 갚아 줘야 하는 것인지?
하루에도 수십 차례 고민을 하게 되는 일이다.
이왕 이렇게 된 거 주식 계좌 역주행이 여기서 멈출 수는 없다.
10억 원을 만들고야 말겠다.

골프장에 도착하니 신흥 재벌이 왔다며 형님들이 난리가 났다.
실 길게 설명할 것도 없고 해서 그냥 한마디로만 답변했다.

"부러워하지 마시고 주식을 사세요. 이거 30만 원도 갈 주식입니다. 최소 20만 원이에요."

주식을 매수하면 아무도 모르게 혼자만 알고 있어야 하는 것 같다. 그래야 객관적인 판단이 가능한데 이렇게 주변에 소문을 내고 주목을 받기 시작하면 매매를 할 때 판단이 흐려진다. 나의 가장 큰 실수였다. 주변 사람들에게 너무 떠들고 다녔다.

2021년 4월 13일 (화)

지옥으로 가는 티켓, 고점 매수

장수생명 비호 형에게 전화가 왔다.

"신용대 과장, 식사 한번 해야겠다."
"언제든지 오세요. 제가 살게요."
"그래 이제 우리 같은 주주가 되었으니 주주 회식 한번 해야지."
"헐~ 정말 사셨어요? 많이 오른 상태인데."
"골프 치고 집에 가서 게임 해 보니까 꽤 재미있던데, 그래서 지켜보다가 요즘 좀 오르길래. 오늘 14만 원에 매수했지."
"네? 왜 하필 14만 원에…."
"아니, 네가 이거 2, 30만 원도 갈 주식 같다면서. 난 그렇게는 바라지도 않고, 그냥 15만 원만 가면 조금 먹고 바로 팔 거야."

대화는 희망찼지만, 그 15만 원은 봄, 여름이 지나도 오지 않았다.

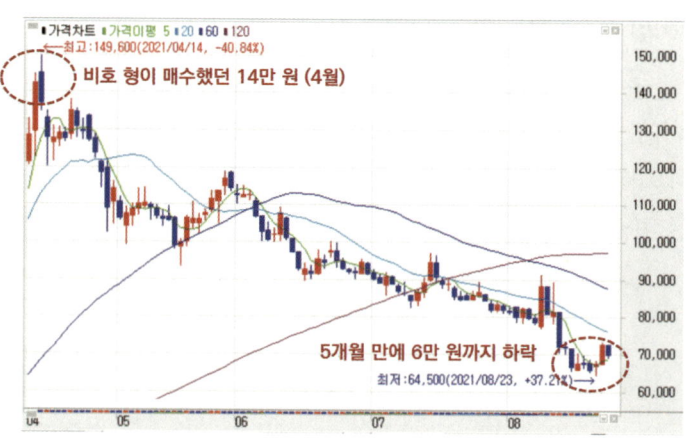

4부 각성기

2021년 5월 20일 (목)

추천자의 본심, 나라도 살아야지

요즘 들어 비호 형에게 전화가 자주 온다. 하루에도 두세 번씩….

"용대야, 내가 요즘 미치겠다. 데박시스터즈 반등할까?"
"오르긴 하겠죠. 다만 언제 오르는지가 문제인데요."
"그러니까 나도 이게 내 돈이면 마냥 기다리면 되는 것인데, 사실 이거 고금리로 대출받은 것이라 버티기가 쉽지 않아."

미치겠다. 이분도 결국 내가 수년간 해 왔듯이 대출로 한 영끌 투자자가 되었다. 하긴 사실 직장인이 돈이 있으면 얼마나 있겠는가? 나도 이 형도 모두 잠깐 벌고 금방 갚겠다는 마음으로 빌렸을 것이다. 내가 20만 원을 언급하니 그 말을 믿고 대출받아서 매수한 거다.

답은 긍정적으로 드리긴 했지만, 다시 급등하기가 어디 쉽겠는가? 둘 다 죽을 수는 없다. 나라도 매도를 하며 수익을 좀 챙겨 둬야지.

데박시스터즈를 매도한 수익으로 계속해서 다른 종목을 거래했다. 상승장의 힘은 정말 무섭다. 매수만 하면 수익이다.

물론 손실 본 종목도 없지는 않았지만 예전과 달라진 것은 상승장 탓인지 하락폭이 크지 않았고, 아니다 싶으면 빠른 손절을 해서 손실 금액을 최소화하였다.

수익이 나서 조금 여유롭게 생각해 보니 초보자들이 왜 손절을 제대로 못 하는지 이제야 감이 오기 시작한다. 수익이 난 적이 있어야 수익과 상계할 생각으로 손절을 할 텐데, 수익을 낸 적이 없었으니 손절을 하면 그냥 그대로 손해가 나는 것이다. 결국 손절은 못 하고 손실 금액은 계속해서 커져 가는 것이다.

나도 수익 난 것이 없었다면 손절을 못했을 것이고 손실이 발생한 종목을 계속 보유하며 손실만 더 커져갔을 것이다. 결국 투자의 세계에서는 돈을 잃는 것이 바로 죄악이고 모든 문제의 시발점이다. 일단 수익이 있는 상태여야 매매에 여유가 생기고 넓게 볼 수가 있다.

2021년 6월 18일 (금)

빚부터 갚자

데박시스터즈의 주가가 회복을 영 못하고 있다.
고점에 매도 못한 것이 아쉽긴 해도, 지금 팔아도 꽤 큰 이익이다.
우선은 일부를 현금화를 해서 그간 빌린 돈과 대출을 갚기로 했다.

```
2021.06.18 09:16:58
인터넷                    입금 70,000,000 원
```

    우선 7천만 원을 현금화하여 개인적인 거래부터 갚기로 하였다. 금융권 대출과는 차원이 다를 정도로 부담스럽고 미안했던 그 돈들. 꽤 많은 이자를 쳐 줘서 갚기 시작했다.
    물론 그들이 기다려준 것에 비하면 그 이자도 사실 부족하다. 수년간 독촉 한 번 없이 기다려 준 그 은혜는 평생 잊지 않을 것이다.

    카드사에 리볼빙 결제로 상환하지 못한 금액도 일시불로 갚았다. 리볼빙 서비스는 카드 대금이 줄지 않고 수년간 쫓아다닌다. 승인 내역을 보니 3년 전 사용건도 아직 결제가 안 된 것이 있었다.

2021년 6월 23일 (수)

보라코인 손절매

개인 빚을 갚고 나니 마음은 너무나도 편했지만 오래가지 못했다. 어제 오전에 비호 형에게 전화가 왔고, 목소리는 다 죽어 간다.

"용대야, 잠깐 찾아가도 될까? 커피 한잔하자. 형 죽을 것 같다."
내 추천으로 14만 원에 매수한 종목이 오늘 9만 원 초반까지 내려왔다. 카드론으로 주식을 샀는데 결제 대금이 없다는 것이다.
내가 많은 사람들 도움을 받았듯이 나도 이 형을 도와주기로 했다. 종목을 추천한 나도 도의적 책임이 있다고 생각되었기 때문이다.

얼마 전에 '보라'라는 코인을 좀 사뒀는데, 자꾸 떨어지기만 한다. 보라코인을 49원에 10만 주 전량 손절하여 5백만 원을 빌려줬다.

보라코인은 5개월 후에 40배인 2천 원이 되었고 나는 땅을 쳤다. 매수와 매도는 언제나 영혼을 담아 신중해야 하는 것이었다. 개인적인 감정으로 거래를 했더니 최소 1억 원 이상의 이익이 사라졌다.

매도	06.22 21:44	매도	06.22 21:44
마켓명	BORA/KRW	마켓명	BORA/KRW
체결가격	48.70	체결가격	48.50
체결수량	20,533.88090349	체결수량	11,200.01785497
체결금액	999,999	체결금액	543,200

2021년 8월 18일 (수)

눈물일까 빗물일까

오랜만에 업계 담당자들과 골프 라운딩을 가졌다.
한빛생명 대리점 정용승 대표, 빛고을 생명 김만규 차장 그리고 장수생명 진비호 차장과 함께 용인에 있는 골프장에 갔다.

여름이라 금방 더워질 것 같아 새벽 5시 50분 티업을 잡았다.
전반을 끝내고 그늘집에서 맥주 한잔을 하는데 하늘이 심상치 않다.
전반은 시원해서 좋다고만 생각했는데, 비가 오려는 듯 꾸물꾸물하다. 그리고 곧이어 폭우가 내리기 시작한다.
한국도 이젠 열대지방 같이 변했는지, 갑작스러운 폭우가 꽤 잦다.

"비호 형, 우리 접고 갑시다. 비 너무 많이 오네."
"뭔 소리야. 얼마나 어렵게 나온 골프인데. 그냥 비 맞고 쳐."
"비호야, 이거 맞고 어떻게 치냐? 만규 말도 일리가 있어."
"너는 맨날 이렇게 초를 치냐? 비 맞고 치면 안 되는 거야?"
"아니, 팬티 다 적셔 가며 골프 쳐요? 난 못 쳐."
"그럼, 먼저 가. 난 용대하고 칠 거니까. 용대는 괜찮지?"
"저요? 흠…. 비가 많이 오긴 하네요."
"용대야, 형이 요즘 미칠 것 같아. 이렇게라도 스트레스 안 풀면 나 죽어 버릴지도 몰라."
"비 맞고 골프 치면 주가 오르나? 화풀이를 왜 여기서 해?"
"몰라. 난 나가서 비 맞고 빈 스윙 연습할 거니까. 맘대로 해."
어제 데박시스터즈 주가가 6만 원대까지 내려와 버렸다. 14만 원에 매수하고 몇 번이고 돈을 더 빌려 추가 매수를 하며 평단가를 9만 원까지 낮췄음에도, 주가는 그런 노력 따위를 무시하듯 6만 원대로 하락해 버린 것이다. 최초에 카드론으로 사고, 그 이후에는 계속 추가 매수를 한 것 같다. 분명 대출을 받았을 것이고, 고금리였을 것 같은데 말이다.

남에게 종목 추천을 하는 것은 정말로 할 짓이 아니다. 추천한 종목이 하락하면 그 사람도 손해지만, 나도 팔기가 어렵다. 추천한 사람이 먼저 팔면 미안해지니 결국 둘 다 매매가 꼬여 버린다.
진심으로 다시는 종목 추천은 하지도 듣지도 않을 것이다
추천받은 종목은 검색조차 하지 마라. 자꾸 사고 싶어질 테니.

빗속에서 빈 스윙을 하고 있는 형을 보니 내 마음도 아파온다.
나도 저런 과정을 3~4년 동안 겪어 봤으니 저 마음을 잘 알고 있다. 흠뻑 젖은 채로 비호 형은 다시 그늘집으로 들어왔다.

"가자. 나 혼자 칠 수도 없고. 만규 다 너 때문이야. 알았어?"
"형? 그런데 지금 울었어? 왜 눈에서 눈물이 나는 거야?"
"뭔 눈물이야. 빗물이지. 개소리 하지 말고 옷이나 갈아입어."

내가 봐도 눈물처럼 보였다.
그래도 빗물이라 하자. 저게 눈물이라면 나도 많이 슬퍼질 테니까…

샤워하러 가기 전에 비호 형 골프 비용까지 같이 계산을 해드렸다. 이렇게라도 해야 내 미안한 마음이 조금이라도 줄어들 것 같았다.

2021년 8월 20일 (금)

한우는 물려서

"여보, 오늘은 어디로 외식 갈까?"
"매번 가는 그 한우집 가면 되는 거 아닌가?"
"에이, 한우는 너무 자주 먹는 것 같아. 이번엔 다른 데 가 보자."
"그럼 랍스타 뷔페라는 곳이 있던데, 거기 가 볼까?"
"랍스타 뷔페? 그런 곳이 있었구나. 내가 예약해 볼게."
"그래. 아마 두 곳이 있을 거야. 잠실이랑 삼성동."
"그런데 당신 영업 나가니까 좋다. 돈도 여유가 많이 생기고."
"영업을 하면 유류대, 통신비, 식음료 등 지원이 많아서 우리 외식비 정도는 충분히 커버가 되거든. 나도 참 좋다고 생각해."
"그래, 당신 작년에 그렇게 고생해서 영업하더니 보람이 있네."

주식에서 수익이 나면서 이제는 한우집도 입에 물릴 정도로 자주 가게 되었다. 다만 집에는 여전히 주식 투자를 한다고 말을 안 해서 그냥 영업하면서 성과를 잘 내서 회사에서 보너스를 많이 받았다고 얼버무리고 있는 상태다.

그래도 이제야 진정한 행복을 느끼게 된다. 아이도 평소 못 다니던 학원에 모두 등록을 해 줬고, 이제는 더 이상 돼지껍데기나 삼겹살을 잘 안 먹으려 한다. 마치 예전부터 한우만 먹었던 것처럼….

이때까지만 해도 이런 행복이 계속될 수 있을 것이라 생각했다.

2021년 9월 3일 (금)

간바리마쇼

정녕 희망이 없는 것일까? 어제 게임에 일본어 더빙 추가와 신서버가 추가되었다. 그런데 오늘 오히려 주가가 5%나 하락을 해 버렸다. 생각보다 일본 매출이나 인기 순위가 폭발적이지 않았다는 이유다.

솔직히 일본어 더빙 추가만 기다렸는데, 분명 주가가 올라서 모두 탈출이 가능하다고 생각하며 기다렸는데. 비호 형도 많이 낙담하고 있겠지만, 데박시스터즈 주주 단톡방에서도 탄식이 시작되었다.
열성 주주였던 나 역시도 실망이 크다.

오늘은 오히려 '위메이크'가 급등을 해버렸다. 마르4 글로벌 사용자 수가 급증하는 것이 눈에 보이고, 무엇보다도 NFT, P2E라는 개념을 도입해서 선구자의 길을 걷고 있기 때문이다.

고민이 많았던 하루다.
위메이크로 옮겨야 하는 것인지? 여기에 남아 있어야 하는 것인지?

그러나 일본어 더빙을 했으니, 가더라도 그 결과는 보고 가겠다. 고등학교부터 대학생 때까지 10년 이상 일본어 공부를 해 왔던 터라 케이크들이 일본어로 재잘거리는 것이 무척 귀엽다. 일본인들에게도 반드시 통할 것이라 생각된다.

"데박짱! 간밧데 구다사이. 오레와 기미오 신지떼이루까라."

2021년 9월 13일 (월)

American Dream

일본에서 무료게임 인기 1위를 차지했다. 바로 우리나라 게임이 후지산, 일본 열도를 정복해 버린 것이다. 일본이 문제가 아니다. 영어 더빙은 나오지도 않았는데, 일본 애니메이션에 이미 익숙한 미국인들이 영어 보이스 없이도 플레이 하고, 교포 주주들은 미국 학생들이 스쿨버스에서도 이 게임을 한다고 단톡방에 소식을 전해온다.

21년 9월은 정말로 화려했다.
위메이크는 조정을 하며 급등했지만, 데박시스터즈는 위로만 쐈다. 서러웠던 내 주식 인생 5년을 한 번에 보상해주겠다는 축포 같았다. 조용했던 단톡방은 난리가 났다. 환호와 희망의 소리로 가득했다.
훗날 깨달은 것은 단톡방에 환호만 있을 때, 그때가 매도 시점이라는 것이다.
남들이 환호할 때 같이 환호하는 척하며, 뒤에서 조용히 매도하는 사람만이 더욱 달콤한 수익을 얻을 수 있는 것이다.

화무십일홍(花無十日紅) 한 번 성하면 반드시 쇠해진다.

5부

소멸기

돈도 사람도
코인도 주식도

모든 것은 소멸이 되는 그런 시기가 있는 것 같다.

2021년은 모든 것이 상승으로 화려했던 그런 한 해였다.
그러나 빠르게 타오른 만큼 꺼지는 속도는 훨씬 더 빨랐던 것 같다.

상승장에서는 항상 하락을 염두에 두어야 하고,
하락장에서는 매매를 줄이고 생존을 최우선시 해야 한다.

앞으로 이 소멸기가 얼마나 오래 갈 것인지?
그 소멸기에 또 얼마나 많은 주주들이 괴로워하며
그 긴 시간을 버텨야 할지 모르겠다.

2021년 10월 14일 (목)

알고 있었어

10월로 접어드니 확실히 가을 느낌이 많이 든다. 수확의 계절이라 그랬는지, 나도 내 수익의 일부를 수확하였다. 데박시스터즈 꽤 많은 양을 매도하여 바로 현금화를 해 버렸다.

전세금이라고 속여서 돈을 빌렸던 두식이에게 전화를 걸었다.

"두식이 잘 살고 있나?"
"용대, 오랜만이네. 나야 늘 똑같지 뭐."
"내가 오늘 친구에게 고백할 게 하나 있다. 사실 전세금이라고 빌렸던 돈, 그거 거짓말이다."
"알고 있었어."
"어! 알고 있었다고? 어떻게?"
"대학 동기들 가끔 울산에 놀러 오면, 용대 네 이야기 나오더라. 주식해서 돈 좀 많이 잃은 것 같고, 많이 힘들어한다고."
"알고 있었구나. 그러면 도대체 뭘 믿고 돈을 빌려준 거야?"
"그렇다고 너 주식 하려고 그러지? 이럴 수도 없지 않았을까?"
"너 까딱하면 1억 원 떼일 뻔했어. 코로나 때 폭락 못 봤냐?"
"용대 네가 그럴 리가 없으니까. 기왕 빌려주는 것 그냥 모른 척했다. 오죽 힘들면 거짓말까지 해야 했을까? 마음고생 많았겠다."
"사실 오늘 그 돈 갚으려고 전화한 거야. 계좌번호 좀 줘라."
"돈 보내는 거 보니 잘 되었나 보네. 계좌는 문자로 보낼게."
"고맙다. 난 네가 알고 있는 줄도 모르고 거짓말했네."

"아니야. 나야말로 잘 쓰고 돌려줘서 고맙다. 너 마음고생이 얼마나 심했을까? 내가 다 속상하다. 친구야."

"두식아! 나 나이 마흔 다 돼서 눈물 나려고 해."

"미친 놈. 됐고…, 담에 서울 가면 밥이나 사라."

전화를 끊고서 한동안 좀 먹먹했다.

주식 하는 놈에게 1억 원이란 돈을 그렇게 빌려주고, 다 알고 있으면서 모르는 척해준 것이라니, 그놈도 제정신은 아니다.

1천만 원은 일전에 갚았기에, 4백만 원을 추가해서 9,400만 원을 송금했다. 큰 이자는 아니지만, 너무 많이 줘도 거절할 놈이다.

오늘 밤은 편히 잠들 수 있을 것 같다. 큰 마음의 짐을 하나 덜었다. 투자는 반드시 본인 돈으로 해야 한다.

지난 몇 년간 두식이 돈 걱정에 잠 못 이룬 밤이 너무 많았다.

다음에 이 친구가 서울에 오면 함께 한우를 먹으러 가야겠다.

최근 가족 외식 할 때도 돼지껍데기나 삼겹살을 먹어 본 지 오래다.

주가가 오른 이후 외식부터 여행까지 수준이 완전히 바뀌었다.

랍스터 뷔페, 호텔 뷔페도 가끔 가고, 강남역의 한우집은 꽤 자주 가고 있다. 생각해 보면 아내나 아이들이 돼지껍데기를 맛있어서 좋아했던 것이 아니고, 그저 한우를 못 먹어 봐서 그랬던 것이다.

이것이 바로 내가 꿈꿔왔던 삶이다. 외식하고 여행갈 때 돈 생각하지 않고 마음 편히 즐길 수 있는 삶. 계속 이렇게 살아가고 싶다.

2021년 10월 15일 (금)

사랑이었나? 돈이었나?

사무실 저쪽이 조금 시끌벅적하다. 웃음소리가 가득하고…. 송보라 대리가 부서장을 모시고 철준 씨와 같이 사무실을 돌고 있다. 그런데 저 모습은 보통 청첩장 돌릴 때 모습인데 조금 낯설다.

"안녕하세요. 과장님"
"어, 송 대리, 이거 무슨 시츄에이션인가?"
"저희 다음 주말에 결혼해서요. 청첩장 드리러 왔어요."
"뭐라고, 말도 안 돼. 뭐가 어찌 되었든 축하해. 진심으로."
"과장님! 제가 나중에 설명 드릴게요. 일단은 청첩장부터 받으세요."

오후에 철준 씨에게 메신저가 와서 공원에서 단 둘이 만났다.

"아니, 도대체 어떻게 된 거야?"
"제가 한참 좀 폐인처럼 다녔잖아요."
"그렇지. 내가 보기에도 완전 무슨 마약 중독자처럼 보였지."
"송 대리는 그게 다 자기 때문에 그렇다고 생각해서 속상했나 봐요. 그래서 제가 며칠 결근했던 적이 있는데, 그때 집에 찾아 왔었어요. 그리고 앞으로 자기에게 감추는 것 없이 다 이야기하고 투자하면 다 이해할 수 있다고, 거짓말만 하지 말라고."
"아! 오히려 코인 투자를 반대한 것이 아니고?"
"송 대리도 코인 투자에는 긍정적이고, 코인이 오를 것이라고 믿고 있었어요. 솔직히 주식 시장보다는 코인 시장이 좀 더 공정하고 깨끗

하잖아요. 주식은 안 할 거예요. 불공평한 시장이에요. 그리고 우리나라는 대주주가 이익 챙기는 것에 너무 관대하고 개인투자자에 대한 보호제도가 약해요. 저는 코인시장이 더 정직하다고 생각해요."

참으로 대단한 커플들이다. 코인에 2억 원을 넣은 철준 씨나, 그걸 이해해 준다는 송 대리나.

"그리고 저는 11월 1일자로 퇴사해서 신혼여행 후에 못 볼 거예요."
"지금 결혼하는데 퇴사라고?"
"며칠 전에 비트코인 7천만 원 찍었을 때 2/3 정도 매도해 버리고 현금으로만 15억 원 정도 챙겼어요."
"우와, 15억 원? 대단하다."
"과장님도 엄청 벌었다면서요. 코인보다 더 오른 것 같던데."
"그런데 나는 아직 안 팔았어. 이거 계속 갖고 가려고."
"과장님이 다 잘 알아서 하시겠지만, 적당히 이익 실현도 해 가면서 하시는 게 좋을 것 같아요. 특히나 급등주들은."
"그래, 충고 고맙다. 이게 거래량이 없어서 팔기도 쉽지 않아."
"과장님, 혹시 〈타짜 3〉 보셨나요? 거기 명대사가 하나 있는데."
"어, 보긴 봤는데 기억이 날지 모르겠네."
"거기 마지막 장면에서 이런 대사를 해요."

"내가 도박판 기웃거리면서 배운 게 딱 하나 있는디 뭔질 알어? 먹을 만큼 먹었으면 눈 딱 감고 일어나라."

2021년 10월 22일 (금)

아내에게 고백하다

"여보, 나 사실 고백할 게 하나 있다."
"응? 결혼하고 이런 분위기는 처음인데. 무슨 일이야?"
"당신이 나 주식 하냐고 질문했을 때 매번 안 한다고 말했잖아."
"그렇지. 당신 주식할 돈도 없을 거잖아."
"사실 조금씩 계속 해 왔어."
"여보, 그건 좀 너무하다. 안 하기로 약속했었잖아."

아내의 눈이 동그랗게 커진다. 잠시 입을 벙긋거리더니, 조용하고 날카롭게 말을 툭 던졌다. 이런 반응쯤은 예상했다.

"미안해. 그래도 나 많이 벌었어. 지금 2~3억 원 정도 되거든."
"2~3억 원이 중요한 게 아니지. 날 속인 것이잖아."
"알아, 그래서 항상 미안했어. 그리고 지금도 미안해."

아내가 잠시 동안 생각에 빠졌다.

"어쩐지 요즘 한우 먹으러 가고, 뷔페도 가고 좀 이상하긴 했어."
"그래, 사실 월급쟁이 해서는 그런 사치스러운 것 하기 힘들어. 그나마 투자가 잘 되어서 여유롭게 즐길 수 있었던 거야."
"그래서 지금 얼마나 있는데?"
"돈으로는 별로 없어. 다 주식을 사 놓았지. 대박시스터즈라고."
"그런데 몇 년이나 나 모르게 주식투자를 한 거야?"

"5년 정도 되었어. 말하자면 너무 길다. 정말 많은 일이 있었거든."
"말하지 않아도 돼. 당신 덕에 우리 애들 학원도 여러 개 다니고 있고, 외식도 자주 하고, 그냥 당신이 알아서 잘 하겠지."
"여보야, 진짜 미안하고 고마워. 앞으로 행복하게 해 줄게."

아내에게 이 말을 고백하기 위해 수년이 흘렀고 많은 일이 있었다. 그러나 아내에게 고백한 그날 이후 주가는 계속 하락하기 시작했다. 잠시 오는 조정이겠거니 생각했던 것이 문제였다.

2021년 12월 28일 (화)

종목을 사랑하지 말라더니

어찌 보면 나는 종목과 사랑에 빠졌던 것 같다.
만규 형이 23배 먹었던 종목을 8만 원에도 팔지 않고 있었던 것도 결국은 고마워서였을 것이다. 다른 종목 손실을 한 방에 보상해 준 고마운 종목이었으니, 매도하기보다는 믿고 같이 응원해 주는 주주가 되고 싶었을 것이다.

나 역시 그랬다.
대박시스터즈가 고마웠다. 손실을 안겨주기도 했지만 큰 이익을 줬던 종목이기도 하다. 그러나 주식시장에서 이런 감정은 그저 사치다.

19만 원을 찍었던 주가는 지금 8만 원 정도이며, 나는 고점에 매도를 못한 채 여전히 보유 중이다. 냉정히 돌아섰어야 수익을 챙기는 것인데, 미련이 남았었는지 수익이 많이 사라져 버렸다.

게다가 신용으로 매수한 종목들도 여전히 손실 중이다.
손절은 못 하겠지만, 본전이 오면 팔아야겠다. 이자가 계속 부담된다.

그런데 자꾸 우크라이나 전쟁 이야기가 나온다. 설마 실제로 전쟁을 하겠는가 싶지만 코로나가 시작될 때와 조금은 비슷한 느낌이다. 설마 설마하다가 결국은 현실이 되었던 그 상황 말이다.

빨리 휴전하고 증시도 안정을 되찾으면 좋겠다.

2022년 6월 16일 (목)

두 종류의 바보

주식시장에는 두 종류의 바보가 있는 것 같다.
한 번도 수익을 못 냈던 바보와 한 번은 수익을 냈던 바보.

이 둘의 공통점은 가진 돈을 결국에는 모두 잃을 것이라는 점이고, 차이점은 돈을 잃는 데 걸리는 시간이 조금 다를 뿐이라는 것이다.

주식 투자를 시작한 이후 지난 몇 년을 돌이켜 보니 이곳은 결코 치킨 값이나 벌기 위해 들어오는 곳도 아니고, 직장에 다니며 일확천금을 노릴 곳도 아니라는 생각이 든다.

먹을 만큼 먹었으면 눈을 딱 감고 일어났어야 했다.
수억 원 가까이 수익이 난 적도 있었지만 이제는 그저 지난 일일 뿐이다. 모든 것은 다시 원점으로 돌아와 버렸다.

2년 전 코로나 급락장에 기도하던 그 밤으로 다시 돌아와 버렸다. 나는 그때와 같이 다시 기도를 하며 일기를 쓰고 있다.

다만 친구 빚도 갚았고, 은행 대출도 많이 갚았다. 아직 조금 남긴 했어도 빚이 줄었다는 것만으로도 행복하다. 빚을 내서 투자하는 것은 정말로 해서는 안 될 일이다.

빚을 내서 투자하는 그 과정이 너무 힘들었다.

새벽 2시 18분.
잠이 오질 않는다. 나스닥이 -5% 급락 중이다.
전쟁과 미국의 금리 인상으로 인해 전 세계 증시가 급락하고 있다.

이대로 나스닥이 마감된다면 내일 한국 증시는 끝이다.
아니 한국 증시가 끝나지는 않겠지.
끝나는 것은 내 계좌일 뿐.
신용으로 매수한 종목을 손실 처리하니 잔고가 급격히 감소한다.
상승장에서 신용매수는 윤활유 기름 같은 존재였지만, 하락장에서는 그 기름에 불을 붙인 것처럼 계좌를 태워버린다.

2년간 어렵게 쌓아 올렸던 수익이 단 며칠 만에 불에 탄 듯 사라져 버렸다. 그래도 한때는 행복했으니 그것이면 됐다.
처음 내는 수익이다 보니 무엇을 어떻게 해야 할지 몰랐을 뿐이다.
예전에도 늘 빚만 갚을 수 있다면 만족하겠다고 생각하지 않았던가?

다만 인생에 기회라는 것이 두 번 찾아올 수 있는 것일지 궁금하다.
그렇다면 다음번에는 그 기회를 놓치지 않을 것 같은데….
기회를 잡으려면 이번 위기에서도 난 반드시 살아남을 것이다. 기회는 생존자에게만 돌아오기 때문이다.

다만 아내에게 말 못할 일기를 다시 써야 할 것 같아 마음이 아프다.
끝까지 고백을 하지 말았어야 하는 것을….

- 자이언트 스텝으로 나스닥이 급락하던 그날 밤에 쓴 일기

공수래공수거(空手來空手去)　빈손으로 왔다가, 빈손으로 간다

에 필 로 그

책을 다 쓰고서 다시 읽어보니 주인공이 너무나 부끄럽고 뻔뻔해 보인다. 그러나 그 역시도 처음부터 이렇게 무리한 투자를 하고자 했던 사람은 아니다. 그저 외식값이나 벌자고 주식시장에 뛰어 들었지만 문제는 전혀 공부가 되지 않은 상태에서 들어온 것이다.

실제로 저자는 주식투자를 20년 가까이 해 왔지만, 여전히 공부가 부족하다. 유튜브나 블로그를 보면 너무나 똑똑하고 공부를 많이 한 개인투자자를 쉽게 만날 수 있다. 그들이 정리해 놓은 것조차도 보지 않는 무모한 투자자는 결코 이 시장에서 살아남을 수 없다.

특히 승부욕이 강하거나 오기로 투자하는 사람은 더욱 손실이 커질 가능성이 많다. 주인공처럼 공부를 해야겠다가 아니라 공부가 필요 없는 것이라며 스스로를 합리화시키고, 수익이 날 때까지 추가 자금을 계속 밀어 넣고, 현금이 떨어지면 대출을 받고, 대출로도 부족하면 신용매수를 하게 되는 경우를 많이 봤다.

그중에서도 가장 나쁜 것은 신용매수라고 생각된다. 하락장에서 견딜 수 없게 만들어 버린다. 물론 상승장에서는 더할 나위 없이 좋을 수 있지만, 시장에서 상승장은 잠깐이며, 하락장은 길고 지루하다. 신용으로 매수하고 장기 보유하기에는 너무 위험한 곳이다.

주식투자를 새로 시작해보려는 독자가 있다면 부디 신용매수만은 하지 않기를 바라며, 그것이 바로 이 책의 첫 번째 집필 목적이다. 또한 지금 이미 손실이 발생하여 견디기 힘든 기존 주주들도 있을 것이다. 아마도 이 책의 주인공보다 훨씬 더 어려운 상황에 곧 직면하게 될 것으로 예상된다. 얼마 전까지 쉽게 빌렸던 대출금이 만기를 연장해 주지 않고 DSR 규제로 인하여 일부상환 내지 만기연장 불가를 통보받게 될 것이니 얼마나 힘들어지겠는가?

뭐라 해 줄 수 있는 조언도 없다. 그저 어떻게든 살아남으시라는 말 외에는…. 그러나 희망은 잃지 않길 바란다. 이 책의 주인공도 지옥에서 살아 돌아왔다. 모든 희망이 사라지고 대출금을 갚을 방법이 전혀 없었지만, 그래도 하늘이 도와 겨우 빚만은 갚을 수 있지 않았는가? 생존을 하면 기회는 올 수도 있다. 그 과정은 너무나 힘들겠지만.

나는 최근에는 주식 관련 유튜브보다는 세렝게티 초원의 동물의 세계를 더 자주 시청한다. 거기가 바로 주식 시장이기 때문이다. 목이 말라 물 한 모금 마실 때도 목숨을 걸고 마셔야 한다. 잠시만 경계를 늦추면 악어와 하이에나 등이 모든 것을 빼앗아 간다.

주식시장은 이 책의 주인공처럼 외식값이나 벌어 보자고 들어오는 곳이 아니었다. 세력들은 악어나 사자보다도 훨씬 첨단화 된 장비와 데이터로 사냥감을 지켜보고 있다. 단지 운이 나빠 손실을 보는 것이 아니라는 뜻이다. 우리가 손실을 볼 수밖에 없게 그들은 사냥감을 몰아간다. 다행인지는 모르겠으나 최근의 급락장은 개인투자자에게 충분히 시장의 무서움을 알려 준 것 같다. 마지막 바람이 있다면 더 큰 무서운 시장이 오지 않았으면 한다는 것이다. 그 바람이 이뤄지기를.

출 처

종목 차트
- 미래에셋 HTS, MTS

거래 내역
- 삼성증권 HTS, MTS
- 우리은행 모바일 app
- 삼성카드 모바일 app

자료 참조
- Upbit 코인 시세
- Bitsum 코인 시세
- Naver 주식 시세

채널 참조(유튜브)
- 텐엔트TV
- 현실주의자TV

위 사이트와 시스템의 정보를 활용하여 이 책을 집필하였으며, 실제 사실과 단순 지표 수준의 정보만을 사용하여 저작권을 침해하는 내용이 없도록 최선을 다하였습니다.